少年知识成长小说

TOM'S GLOBAL EXPLORATION

小发明家汤姆全球大冒险

少年知识成长小说

小发明家汤姆全球大冒险

寻找深海里的宝藏

[美]爱德华·史崔特梅尔 / 著　　刘周莉 / 译

太阳娃插画设计 / 绘

中国出版集团

世界图书出版公司

西安　北京　上海　广州

图书在版编目（CIP）数据

寻找深海里的宝藏/（美）爱德华·史崔特梅尔（Edward Stratemeyer）著；刘周莉译. —西安：世界图书出版西安有限公司，2016.6（2018.12重印）
（小发明家汤姆全球大冒险）
ISBN 978-7-5192-1134-9

Ⅰ.①寻… Ⅱ.①爱… ②刘… Ⅲ.①儿童文学—长篇小说—美国—现代 Ⅳ.①I712.84

中国版本图书馆CIP数据核字(2016)第088664号

寻找深海里的宝藏

著　　者	〔美〕爱德华·史崔特梅尔	
译　　者	刘周莉	
策　　划	赵亚强　李　飞	
责任编辑	李江彬　雷　丹	
校　　对	王　冰　刘　青	
	郭　茹　党　浩	
出版发行	世界图书出版西安有限公司	
地　　址	西安市北大街85号	
邮　　编	710003	
电　　话	029-87233647（市场营销部）	
	029-87235105（总编室）	
传　　真	029-87279675	
经　　销	全国各地新华书店	
印　　刷	三河市腾飞印务有限公司	
成品尺寸	210mm×145mm　1/32	
印　　张	5.25	
字　　数	100千	
版　　次	2016年6月第1版	
印　　次	2018年12月第2次印刷	
书　　号	ISBN 978-7-5192-1134-9	
定　　价	20.00元	

如有印装错误，请寄回本公司更换

献给每一个有创新和
冒险精神的小读者

　　小读者们，你们好！摆在大家面前的是一套神奇的冒险书——"少年知识成长小说"之《小发明家汤姆全球大冒险》。这套书故事有趣、内容丰富、情节生动，你们会发现，主人公小发明家汤姆和他的朋友们在全球各地冒险的时候，总是可以凭借一些新发明及朋友之间的团结互助克服各种困难。

　　本丛书的作者爱德华·史崔特梅尔是美国著名的儿童小说作家，一生独自完成 1300 部创作，销售量高达 5 亿册。他的小说被文学评论家誉为"少年知识成长小说"，开启了 20 世纪初到 20 世纪 60 年代儿童小说的黄金时代。"少年知识成长小说"之《小发明家汤姆全球大冒险》是他的代表作品。他在日记中写道："这是一套色彩缤纷、瑰丽神奇的冒险小说，讲述了小发明家汤姆使用自己的许多发明进行全球探险的故事，情节跌宕起伏，更增长了孩子们物理、机械、气象、洋流、地理、历史、考古、冰川等方面的科学知识……"

　　这套书自出版以来，被翻译成西班牙语、意大利语、法语等 10 余个语种，全球畅销 3000 万册，仅亚马逊网站就有超过 100 万条的评论。

许多名人，包括苹果电脑创始人之一史蒂夫·沃兹尼克，科学家、发明家和科幻小说家雷·库兹韦尔、罗伯特·海因莱因、艾萨克·阿西莫夫，美国最具创造力的飞机设计师凯利·约翰逊、泰瑟枪的发明者杰克·科弗，在读过这套书后，都被里面的科学知识和小发明家的冒险精神深深吸引了，并纷纷向读者朋友们推荐。

此外，不少媒体不仅高度关注，还给出了很高的评价。《华盛顿邮报》称"此套书为培养男孩勇敢品质、男子汉气质最好看的书！"《纽约时报》称"勇敢男孩汤姆的故事已经影响了几代人，而且这种影响仍将继续存在……"

小读者们，我们坚信这套书将给你们带来不一样的神奇体验。鼓舞人心的冒险故事，主人公汤姆的创新和冒险精神很值得小读者学习。汤姆有时会泄气，但他从不放弃，这对每个年龄段的人来说都值得借鉴。

如果你是个勇敢的孩子，一定不要错过发明家汤姆系列，你一定会喜欢上这些冒险故事的……

快来和小汤姆一起去冒险吧！

关于主要人物

汤姆·史威夫特

本书的主人公——小发明家汤姆，在他很小的时候，他的母亲就去世了。他与父亲住在纽约郊区的夏普顿镇。他热爱发明、勇敢善良，运用自己的发明多次与"快乐打劫者"、安迪等坏人斗智斗勇……

巴顿·史威夫特

史威夫特先生是汤姆的父亲，是一位上了年纪的发明家。他深深地影响了汤姆的爱好和性格。无论是去大西洋底寻宝，还是去阿拉斯加找黄金，他在精神上、行动上全力支持了汤姆。他是一位慈爱的父亲。

维克菲尔德·戴蒙

戴蒙先生是一位幽默大师。这位年长宽厚的老人有一句逗人的口头禅，那就是"可怜的……"。每当他说起这句话，总能让紧张的气氛变得轻松。

易瑞德凯特·辛普森

瑞德是汤姆家的仆人，一个黑皮肤的老头。他有一个"老伙伴"，哈哈，其实就是一头倔强而忠诚的骡子，绰号是"回飞棒"，他和他的"老伙伴"多次帮助了汤姆。

尼德·牛顿

尼德是一名银行职员，也是汤姆的发小。他和汤姆去各地冒险的时候，每次遇到危险，他总是不离不弃，为汤姆排忧解难。

玛丽·尼斯特

玛丽，汤姆的好朋友，在一次"车祸"中，汤姆奋不顾身地救下了她，从此他们相识了。随着年龄的增加，他们之间的友情逐渐升华……

本丛书的作者爱德华·史崔特梅尔是美国著名的儿童小说作家，居世界多产小说家之列，一生独自完成1300部创作，销售量高达5亿册。他的小说被文学评论家誉为"少年知识成长小说"，开启了20世纪初到20世纪60年代儿童小说的黄金时代，震撼了全世界几代人的心灵。

《小发明家汤姆全球大冒险》丛书由全国外语专家字斟句酌、精益求精翻译而成，其中第一册《摩托车上的乐趣与冒险》由兰州交通大学外国语学院畅青霞老师翻译，第二册《卡洛帕湖上的竞争对手》由兰州交通大学外国语学院李红梅老师翻译，第三册《"红云号"飞艇的惊险旅程》由西北工业大学航空学院惠增宏老师翻译，第四册《寻找深海里的宝藏》由兰州交通大学外国语学院刘周莉老师翻译，第五册《新型电力小轿车》由兰州交通大学外国语学院赵娟丽老师翻译，第六册《地震岛上的幸存者》由兰州交通大学外国语学院邓苗老师翻译，第七册《幽灵山的秘密》由兰州交通大学外国语学院杨红老师翻译，第八册《阿拉斯加冰洞里的黄金》由兰州交通大学外国语学院代志娟老师翻译，第九册《空中飞艇大比拼》由河西学院外国语学院郝玉梅老师翻译，第十册《非洲丛林中的大冒险》由吉首大学外国语学院牟佳老师翻译。在此，对所有为本丛书付出心血的老师们表示衷心的感谢。

目录

Contents

Contents

第一章

沉没的宝船

　　天空中传来一阵急促的呼呼作响的噪声，一个类似大鸟的巨型物体慢慢地划过空中，在地面投射出奇怪的影子。这时，一位原本坐在一座大房子门口的上了年纪的男人突然警觉地站了起来。

　　"我的天哪！什么东西在响，巴盖特夫人？"他向一位站在走廊处、有着慈母般面容的妇女问道，"出什么事了？"

　　"没什么事儿，史威夫特先生。"一个声音平缓地回答，"我猜是汤姆和夏普先生回来了，虽然我还没亲眼看见，但这声音听起来像是'红云号'发出的。"

　　"红云号！"史威夫特先生大声说，他是一位很有名气的发明家。"是的,他们在那边,"他继续说,"我看到飞艇了,没想到他们这么快就回来了,他们的夏普顿之旅一定玩得很开心。不过,他们这么着急赶回来,是不是出了什么事?"他凝视着高空,只见那部外形奇特的机器在接近 150 米的空中盘旋着。

飞艇即将降落,在俯冲到接近房子的高度时,又向上爬升,凌驾于新泽西海岸的一道道白浪上。这附近是史威夫特先生的临时住所。

"别担心,史威夫特先生,"巴盖特夫人提醒道,"你还有很多别的事情要做,比如说建造你的潜艇,这件事更需要你去操心。"

"你说得对,我不必担心他们。但我希望汤姆和夏普先生现在降下来,我想和他们说几句话。"

坐在飞艇里的人好像听见了史威夫特先生说的话,他们开始调整飞行方向,降低飞行高度,准备着陆。当飞艇接近房子附近的着陆点时,发动机熄火,气体咝咝地注入了红色的铝制气囊,飞艇的浮力立刻加大,最后像一片羽毛一样轻轻地着陆。

就在飞艇底部的轮子接地的瞬间,"红云号"的机舱里跳出来一位小伙子。

"嗨,爸爸!"他大喊道,"我们回来了,平安无事,还创造了一项新纪录,最高时速达到每小时 145 千米。是吧,夏普先生?"

"的确如此。"一位皮肤黝黑、身材瘦高的男人回答道，他跟在汤姆后面，慢悠悠地从机舱里走出来。

"本来还能飞得更快，只是在离地面大约 3000 米的高空遇到了强风，耽误了一些时间，"汤姆继续说，"你刚才看见我们了吗，爸爸？"

"当然，而且还把他吓了一跳，"巴盖特夫人插话道，"我猜他没想到会是你们。"

"噢，我原本不会被吓到的，只是当时我正在思考一个问题，我想在潜艇上做出一个改动。跟我说说，夏普顿没发生什么事吧？有没有看到"快乐打劫团伙"的人？有没有发现那些坏蛋的行踪？"史威夫特先生急切地看着他的儿子，等待答案。

"没发现他们的任何行踪，爸爸，"汤姆迅速回答，"一切都很正常，我们带来了那些你想要的东西，在飞艇里放着。这次航行真的很棒，我很期待再出去转转。"

"现在可不行。"父亲对汤姆说，"汤姆，我需要你和夏普先生的帮助。把飞艇里的东西拿出来吧，我们去车间。"

"我们先把飞艇藏起来，"夏普先生建议道，"看样子好像要下雨了。而且，如果我们就这样把飞艇放在外面，很容易招来周围人的围观，我可不希望看到这样的场景。"

"当然，"史威夫特先生迅速地说，"我不想让任何人在潜艇库的四周窥探。先把飞艇停放好，再来艇库。"

几分钟后，这架神奇的飞行器就被安全地停放在一个大棚子里。

夏普先生和汤姆提着几捆从飞艇机舱里取出来的东西，走向房子旁的一个大车间。这个靠近海岸的住所是史威夫特先生租的，他们已经在这里居住了一个季度。车间里的光线不是很明亮，史威夫特先生站在一个巨大的物体前面，这个物体像一根平放的大柱子，两端尖尖的，柱子上面有很多覆盖着厚玻璃的开口，就像一只只鼓起的大眼睛。从到处摆放的工具、机械仪器及这个巨大的圆柱体本身不难看出它只是一个半成品。

"进展如何了，爸爸？"汤姆问道，并把带来的一捆东西放在了一个工作台上，"你觉得真能让它跑起来？"

"当然了，汤姆。虽然正负电极板给我带来了很大的困扰，但我相信自己能解决这个问题。你把电流计①带来了吗？"

"嗯，其他东西也都拿来了，"汤姆一边说着一边从那捆东西中取出父亲需要的电流计。

史威夫特先生接过电流计后，便认真地检测各项参数。汤姆则围着潜艇，四处观察。他注意到，潜艇和上次离开海岸时相比有了一些新变化。

"你和盖瑞特先生给潜艇安装了一些新的电极板吗？"汤姆观察了一会儿后说。

"是的，盖瑞特先生和我都是闲不住的人。对吧，盖瑞特？"

---

① 电流计，一般指利用通过置于磁体两极间线圈的电流与磁体磁场间相互作用，使线圈发生偏转的原理制成的电表。——译者注

"是的，而且现在有你和夏普先生的帮忙，汤姆，我想它很快就能下水了。"盖瑞特先生回答。

"我们应该让戴蒙先生来这里为潜艇祈祷祈祷，喊几句'可怜的肝脏''可怜的扣子'之类的话。"夏普先生提着另一捆东西进来时笑着说。

"等我们试航时，我会很乐意叫他。"汤姆接着说，"我骑着摩托车在地面上飞驰过，也驾驶着飞艇在天上轻快地掠过。现在，我特别期待在水下疾行的感觉。"

"如果一切顺利，我们将会在一个月内实现下水试航，"史威夫特先生说，"瞧这儿，夏普先生，我在方向舵上做了些改动，希望你和汤姆看了后能给我提供些建议。"

如果一个形状像雪茄的物体有前、后端之分，那么他们三人现在走到了这个古怪物体的后端，史威夫特先生、汤姆和夏普先生很快就陷入了一场关于水下导航技术细节的讨论中。

过了一会儿，巴盖特夫人敲响了吃饭的钟声。车间里的人们立即放下手中的工作朝房子走去。他们知道对巴盖特夫人来说，什么也比不上趁热吃饭更重要。

用餐的过程中，汤姆和夏普先生讲起了近期乘飞艇旅行的故事，当然也少不了关于新潜艇的探讨。他们的谈话一直持续到收拾完餐桌，三人才起身去了客厅。史威夫特先生拿出笔和纸，与夏普先生聚精会神地计算潜艇在水下 5000 米时每平方米受到的海水压力。

"爸爸，你打算让潜艇潜这么深吗？"正在看报纸的汤姆突然问道。

"很可能会。"他的父亲回答后，汤姆继续阅读那张报纸。

"对了，"史威夫特对夏普先生说，"我有另外一个方案，除了安装提供电力的正负电极板外，我还打算在潜艇的前后各安装一个螺旋桨，防止意外事故的发生。你觉得……"

"爸爸！你看到这个了吗？"汤姆突然高呼着打断了史威夫特先生，并从椅子上站了起来，他手指向报纸上的一部分内容。

"看到什么？"史威夫特先生问。

"一则报道，是关于沉没的宝船的。"

"宝船？没看到，在哪里？"

"我念给你听：来自南美洲乌拉圭首府蒙得维的亚的消息宣称，当地政府已经放弃寻找'波德罗号'蒸汽船。这艘船于前不久因为一场大风而倾覆，并沉没在近海岸附近。令人们感到惋惜的并不只是沉船无法打捞上岸，还有它所运输的价值30万美元的金条也将葬送海底。据到过沉船现场的资深潜水员介绍，由于事发地点水域很深且暗流涌动，水下作业的危险性极大，所有的打捞方案现都已被排除。有消息称，这些黄金本来是某个宗派用于革命斗争的军费，看来他们将不得不从其他地方筹集资金了。另称，除了黄金以外，船上还载有数箱来复枪和一些贵重的货物。'波德罗号'搭载的所有船员和乘客都成功乘坐救生艇逃生，这一点和第一次的报道正好相反。据初步判断，强大的风暴使得船体断裂，大量的海水涌入船身，最终导致了这艘船的沉没。就是这些！你对此怎么看，爸爸？"汤姆读完后大喊道。

"呃，我认为，这对革命者来说实在是太糟糕了。不是吗，汤姆？"

"不，我的意思是那些宝藏还在船上，你对这个怎么看？"

"哦，如果专业的潜水员都不能把它捞上来，那它似乎就只能留在海底了。对了，夏普先生，这个螺旋桨……"

"等等，爸爸！"汤姆着急地喊道。

"哎，汤姆，你今天是怎么了？"史威夫特先生有点奇怪地问道。

"我们需要多久可以建成潜艇？"汤姆没有回答父亲的问题，而是继续问道。

"大约一个月。怎么了？"

"爸爸，我们为什么不去寻找宝藏呢？既然这艘船沉没在乌拉圭海岸附近，我们应该很容易就能找到它。我们先乘坐潜艇靠近沉船残骸，然后穿上你发明的新型潜水服，就能找到那些金条了。30万美元呀！好好想想，爸爸！是30万美元呀！既然它的主人已经宣布放弃，我们就可以名正言顺地拿走所有的金条。事实上，只要能拿到一半就令人心满意足了。我们赶快造好潜艇去寻找金条吧！"

"但是汤姆，你忘了我们的潜艇是用来参加美国联邦政府举办的比赛了吗？"

"那如果你赢了，奖金是多少？"汤姆问。

"5万美元。"

"好吧，现在有一个机会，可以让你的收获比这份奖金高3倍或者更多。爸爸，让政府的奖金见鬼去吧，我们去寻找宝藏，好吗？"

汤姆急切地看着他的父亲，眼神里满是期待。史威夫特先生从来不会轻易做出一个决定，但汤姆提出的建议确实极具诱惑力。他伸手接过汤姆手上的那份报纸，仔细地读了一遍，然后把它递给夏普先生，问道："你是怎么想的，夏普先生？"

"或许，"夏普先生答道，"我们可以试一试。我们的潜艇很容易就能下潜到5000米的深度，如果这个报道属实，宝船沉没的地方对我们来说并不算深。因此我们应该试一试。不过这样的话，我们就得放弃政府组织的比赛。"

"你同意吗，爸爸？"汤姆又问了一遍。

史威夫特先生沉思了很长一段时间。

"好吧，汤姆，我同意了。"他最终决定，"寻找宝船似乎会比政府组织的比赛更能测试潜艇的性能。"

"太好了！"汤姆高兴地喊道，并从夏普先生手中拿过报纸在空中挥舞着，"就这么定啦！我们赶紧准备去寻找海底的宝藏！"

第二章

快要竣工的潜艇

"出什么事了？"巴盖特夫人喊道，她放下手中还没洗完的碗碟，匆忙从厨房里跑出来。

"汤姆在报纸上看到一则关于沉没宝船的报道，他想让我们到海底去寻宝。"史威夫特先生解释道。

"噢，天哪！不会是基德船长①藏的宝藏吧？"巴盖特夫人惊呼，"你可千万不要在那些东西上花心思，史威夫特先生。本来建造飞艇和潜艇就是一件很有挑战性的事。"

"这和基德的宝藏没有任何关系，"汤姆说，"如果我们

---

① 基德船长，指17世纪的苏格兰人威廉·基德，他是海盗史上最有名的家伙，有"海盗之王"的称号。——译者注

能找到它，巴盖特夫人，我会给你买一个钻石戒指。"说完，汤姆便用一种调皮的方式抱住了她。

"哎！"她叹气道，"把希望寄托在你们寻找宝藏上，还不如我自己去买呢。"说完，她就摇着头返回了厨房。

"好了，"史威夫特先生停了一会儿，接着说，"汤姆，如果我们已经决定去寻找宝藏，那么现在就赶紧行动吧。首先，我们得搜集关于那艘船的信息和它沉没的具体位置。"

"这个任务就交给我吧！"夏普先生说，"我认识一些船长，他们能教我如何查找到精确位置。事实上，我觉得最好带一个经验丰富的航海员与我们同行，虽然我善于在空中辨别方位，但我不得不承认水下定位确实超出了我的能力。"

"是啊，我们确实需要一位船长，"史威夫特先生认同道，"夏普先生，这件事由你负责，汤姆、盖瑞特和我就负责完成潜艇的后期建造。不过，我们的潜艇也基本上快完成了，现在就只差安装引擎和推进器。至于那个正负电极板，汤姆，我想听听你的意见。"

汤姆受父亲的影响也是一名出色的发明家，他在电力学方面有着很高的天赋，因此汤姆在这些方面的意见通常会被父亲采纳。直到当天夜晚，这三位探险者一直都在讨论各种细节。

几天过后，史威夫特先生雇用了两位他信得过的机械师。接下来的三周时间，他们加快了潜艇制造的进度，车间整天都有人在忙碌。

一天傍晚，忙碌了一整天的史威夫特先生说："依照目前进度，下周我们就能完成所有的工作了。接着，我会把'先进号'送入水中，看它是否能像我们预计的那样，自由上浮或下潜。不过，现在我们该休息了，大家今天都特别累。汤姆，把潜艇库门锁起来。"

"好的，爸爸，"汤姆回答，并从车间后面比较黑暗的地方走了出来，"我在想……"

突然，他停下脚步，竖起耳朵仔细听，然后又轻轻地退了回去。

"怎么了？"他的父亲低声问道。

汤姆没有回答，史威夫特先生满脸忧愁地走了过去。这时，夏普先生正站在车间门口。

"我想我听见有人在后面。"汤姆悄悄地说。

"潜艇库里有人！"史威夫特激动地高喊，"又有人想要偷我的杰作！夏普先生，你过来，把来复枪也拿上！我们要给这帮混蛋一点颜色看看！"

汤姆健步如飞地跑到车间的最后端。此时响起一阵慌乱的脚步声，汤姆突然大喊道："你在这里干什么？"

"噢，请原谅，"一个人小声答道，"我是来找巴顿·史威夫特先生的。"

"找我爸爸？"汤姆说，"但你在这里找他有点不合适吧？我爸爸在车间的前面。"

"我走进来时没有看见你们，一不小心就走到了车间的最里面。"这个人满怀歉意地接着说，"希望我没有打扰到你们。"

"请你原谅我的粗鲁，"汤姆接着说，"我以为你是一个曾经给我们制造过麻烦的盗贼。"

"噢，没关系的，"陌生人语气随和地说，"我认识史威夫特先生，我想他还记得我。"

此时陌生人把目光投向正向他走来的老发明家及夏普先生："史威夫特先生，别来无恙？"

"安蒂森·伯格！"史威夫特先生惊讶地问道，"你怎么来了？"

"我来看看你啊，"伯格笑着说，"好久不见，我们可以单独聊聊吗？"

"呃……可以吧。"史威夫特先生有些犹豫地回答，"进屋子里聊吧。"

伯格立即从汤姆的身边走到史威夫特先生面前，接着，两人一起朝房子走去。

"他是谁？"夏普先生悄悄地问汤姆。

"我不认识，"汤姆回答，"但无论他是谁，爸爸似乎有些担心。夏普先生，我们要高度留意这个人。"

第三章

伯格先生很吃惊

    汤姆和夏普先生跟在史威夫特先生和伯格的后面，也进入了房子。此时盖瑞特先生在车间里看守着潜艇。

    "现在，说说吧！"史威夫特先生对伯格说，"你来这里的目的是什么？"

    "首先，请让我向你的家人表示歉意，因为我惊扰到了他，"伯格开始说，"我没有要悄悄溜入车间的打算。当我来到这里时，车间的门正好开着，我没有看到任何人，无意间闲逛到了车间的最里面，然后突然被一块板子绊了一下……"

    "然后我就听见你的声音了。"汤姆打断了他的话。

    "噢，请你原谅，"伯格说道，"我想你确实听到我的声音了，小伙子。你一定是把我当成一个强盗或者偷偷潜入的盗贼了。"

"我们之前被一伙无恶不作的坏人骚扰过，我们对他们恨之入骨。"史威夫特先生说，"我想，当时汤姆肯定以为又是那些人溜进来了。"

"确实如此，"汤姆补充道，"我会想尽一切办法，不让任何人窃取潜艇的秘密。"

"做得好，你做得很好！"伯格高呼，"但我来的目的可不是窃取你们的秘密。史威夫特先生，你知道我是潜艇和鱼雷制造商——本特利和伊格特公司的代理人。他们听说你在建造一艘潜艇，准备参加联邦政府举办的比赛，所以要求我来这里了解一下你的潜艇何时能造成。我们的潜艇已经造好了，但我们认为，如果参赛者众多，最好等大家都准备好了再一起亮相，所以我们公司决定，在你的潜艇没有造好之前我们不会报名参赛。你们的潜艇怎么样了？准备好比赛了吗？"

"是的，"史威夫特先生缓缓地回答，"我们马上就能完成了。潜艇还需要一些调试工作，然后就能下水了。"

"期待和你来一场精彩的对决。"伯格说。

"呃……"史威夫特回应，"我还不确定呢。"

"不确定什么？"伯格先生吃惊地问。

"我是说我不能确定是否会参加比赛，"史威夫特先生接着说，"最开始建造潜艇，我是冲着政府提供的5万美元的奖金去的。"

"我们也是这样想的。"伯格微笑着打断了他的话。

"但之后，我们遇到了一系列的麻烦事。"史威夫特先生说，"总之，我现在决定，不再为这笔奖金而参加比赛。"

"不参加比赛？"伯格先生几乎尖叫出来，"为什么？你怎么会产生这样的想法？你应该去参加比赛，这是多么好的赚钱机会！我们认为我们的潜艇性能出色，很可能在比赛中打败你，但是……"

"我可不这么认为，"汤姆插话道，"你只是看到了我们潜艇的外表，还没见识到它真正的实力。"

"哦，我不是怀疑你们的实力，"伯格说，"但是我们在潜艇这行做得比你们早，我们更有经验。当然，我们仍然欢迎竞争者。现在，令我感到吃惊的是，史威夫特先生，你竟然不去参加比赛。我从费城大老远跑过来，为的就是我们的潜艇能同时进入比赛。我听说还有一家潜艇制造商也要去参加比赛，而且我还打算抽时间过去和他们商量一下报名时间，以便让大家都满意。你却放弃参加比赛的机会，这真令我措手不及。"

"其实，我本来是打算去的。"史威夫特先生说，"只是我们中途改变了主意。我们有其他的打算。"

"我可以知道是什么打算吗？"伯格询问道。

"我想我们不会告诉你。"汤姆迅速喊道，之后又比较友好地补了一句，"这是一个秘密。"

"哦，我明白。"伯格回答，"当然了，我不希望刺探到你们的任何秘密，但我仍然希望我们能共同竞争政府提供的大奖。我可以向你们保证，这值得一试，5万美元呀！此外，我们还有机会得到联邦政府采购潜艇的订单。这该是多大的一笔收入啊！"

"但我们追求的是更大的一笔。"汤姆冲动地喊道。可话音刚落，他就感到无比后悔。

"呃？什么东西？"伯格问道，"你不会是想说另一个地方的政府提供的奖金更多吧？如果我知道的话，我也不会让我们的公司参加这次由美国政府举办的比赛。请告诉我吧。"

"很抱歉，"汤姆冷静地说，"我不应该随便说话。伯格先生，我和爸爸的计划现在还不便透露。我们会去争取一份大奖，但不会和你们比赛。"

"好吧，我想有一天你们会发现，本特利和伊格特公司有能力拿下任何组织提供的大奖。"这位代理人吹嘘道，"我们会成为竞争对手的。"

"我可不这样认为。"史威夫特先生回答。

"我们会的。"伯格重复说，"如果我们成为竞争对手，请记住我们绝不会手下留情。我们公司的潜艇才是最好的。"

"但愿你们所谓最好的潜艇能赢得大奖，"夏普先生插话道，"能者进，败者退，这很合乎情理。"

"那是当然，"伯格冷冷地回了一句，"这是你的另一个儿子吗？"他问道。

"不，是我的一个朋友。"史威夫特回答，"好了，伯格先生，你可以转告贵公司，我们不会参加这次比赛。"

"非常好。"伯格生硬地回答，"我们将会拿走政府的奖金，但请允许我最后补充一句，你竟然放弃比赛，这让我真的很吃惊。从我目前掌握的情况可以确认，你们的潜艇很棒，在某种程度上几乎可以和我们公司的潜艇相媲美。好吧，祝你们晚安。"伯格说完鞠了一躬，然后走出房间，匆匆离开了。

第四章

汤姆被囚禁

"哎，他真是一个傲慢的家伙。"随着伯格先生的脚步渐行渐远，汤姆评论道，"他竟然说他们的潜艇比我们的好！我很讨厌这个人，爸爸。你认为他来这里会不会是为了窃取我们的发明？"

"不，我不这样认为。你是怎么发现他的？"

"是这样，我听到声音后就进入车间的后部。发现他蹑手蹑脚地四处走动，并且似乎对推动器的电极板很感兴趣。当他被一块板子绊了一下时，我正好跑过去抓住了他。起初，我以为他是以前那伙盗贼中的成员，因为我确定他是在找什么东西。"

"不会的，汤姆。他所效力的是正经商人经营的公司，他们不会无耻到干盗窃这种事情。不过，他们是冷血的竞争者，一旦找到机会超越我们或者其他对手，就会立即行动。但他们还不至于潜入车间来窃取我们的发明，这一点我敢肯定。另外，他们已经造出了一艘他们自认为有史以来最好的潜艇，现在绝不会随意改动。他们确信自己能赢得政府的奖励，我反而觉得高兴，因为我们正好少了一个寻找宝藏的竞争对手。"

"你认为我们的潜艇会比他们的好吗？"

"从很多方面来讲，我们潜艇的性能都比他们的好很多。"

"但是，我不怎么喜欢那个叫伯格的人。"汤姆接着说。

"我也不喜欢，"他的父亲继续说，"我觉得他有些奇怪，他好像很希望我们参加比赛。也许他认为他们公司的潜艇能远远领先于我们的潜艇，可以赢得大奖。不过还好，他好像没发现我们的新型推进器，和同一类型的潜艇相比，'先进号'的这一改进让它具有明显的竞争优势。总之，下周我们就可以下水试验了。"

"你认识伯格先生很久了吗，爸爸？"

"不是很久，我在华盛顿的专利局认识的他。那时，他正在为他们公司申请潜艇的某项专利，碰巧我也在为'先进号'申请一项专利。让我感到奇怪的是，他从费城跑到这里来，竟然只是想看看我们制造潜艇的进展状况。我觉得事情没那么简单，但我现在还想不明白为什么。"史威夫特先生回答。

然而，史威夫特先生和他的儿子很快就会明白，伯格为什么会不远千里来到这里，到时候他们就会无比懊悔，因为伯格已经刺探到了他们的一些秘密。

晚上睡觉之前，汤姆和夏普先生去了一趟艇库，里面停放着将要下水的潜艇。他们看见盖瑞特先生一直在看守，并告诉他们周围没有发现任何人，也没有任何动静。

"这的确是一台卓越的机器，"汤姆看着潜艇评论道，"爸爸绝不会错过这次试航。"

"它看起来确实不错，"夏普先生评论道，"不过，能不能正常运转那另当别论。"

"是呀，在它还未下水之前，我们还真说不好，"汤姆承认道，"但我希望它能正常运转，爸爸在它身上花费了大把的时间和金钱。"

"先进号"正如它的名字所蕴含的意义一样，它比从前的潜艇更加先进。不过，它的先进之处不在于外表，而在于新型的推进器、独特的内部构造及内部机械的安装方式。

这艘潜艇的主要设计者是史威夫特先生，汤姆为辅助设计者，两人在夏普先生和盖瑞特先生的协助下将其建造完成，它的形状像一支雪茄，长度超过了 30 米，最厚处的直径达 6 米。它由多个防水隔舱组成，即使一个甚至三个隔舱进水，潜艇依然可以正常运行。

"先进号"的一大特点是设有应急浮舱，那是一个可拆卸的铝制气囊，膨胀后会充满强有力的气体。在紧急情况下，比如潜艇沉在海底不能正常工作，气囊就会膨胀并充满气体，让"先进号"迅速浮出水面。

潜艇另一个不同寻常的特点是引擎室、发电机组和其他重要机器均安装在潜艇中部，这使得潜艇具有更高的稳定性，也能让同一个引擎同时带动通风井①和推进器运转，并操控前端的负电极板和后端的正电极板。这些电极板在潜艇上的运用可以说是一个全新的创意，它源于史威夫特先生的思想结晶和汤姆提供的宝贵建议。

史威夫特先生不想在"先进号"上安装传统的螺旋桨推进器，也不想使用喷射式推进器。他采用的是一种全新的推进方法——用电流驱动"先进号"前进。

这种奇特的电极板分别被安装在艇首和艇尾。在艇首的电极板上输入负极电流，在艇尾的电极板上输入正极电流，其原理就像马蹄形磁铁一样，正极一端会使指南针的北磁极远离，而负极的一端则会吸引指针靠近。当正负电流彼此相对时，就会相互吸引。

史威夫特先生推算，如果他把强大的负极电流输入到潜艇前端的电极板，通过海水良好的导电作用，潜艇就会受到向前的牵引力；反之，如果把正极电流输入到潜艇尾部的电极板，潜艇就会受到向前的推力，因此，这种前拉后推的作用使得潜

---

① 通风井是潜艇的必备设施，主要用于排放水蒸气、二氧化碳、内燃机工作时所排放的废气和其他有害气体。——译者注

艇获得了很大的动力。

不过，这位老发明家并没有单纯地依赖这些电极板。他给潜艇的前部和尾部也安装了传统类型的辅助螺旋桨，如果正负电极板不能正常工作，辅助螺旋桨也能够驱使"先进号"航行。

潜艇中有很多机械装置。潜艇的引擎室前面是一间厨房，后面是卧室和储藏室。操控潜艇的区域在最前端的隔间内，里面有操纵杆、方向舵和阀门。通过这些设备，驾驶员能控制所有机器。仪表盘能显示他们前进的方向、下潜的深度、航行的速度及海水的压力。

潜艇前端的顶部有一个小型指挥塔，或称观测塔，里面安装有辅助方向舵和一些操控设备。

一些设备专门在潜艇停靠海床时使用。当需要走出潜艇时，乘客可以穿上潜水服，潜水服上面装有轻便的氧气罐。当他们进入潜水舱时，舱内会注入海水，直到舱内压力与外界压力相等，接着一扇钢制的门开启，他们就可以出去了。进入潜艇的过程与这个正好相反。

"先进号"的艇身有很多地方都装上了厚厚的玻璃窗，通过它们，水下的旅行者就能看到外面的海洋世界了。为了防止巨兽或坏人的袭击，潜艇的前端和后端各有一门电子炮，潜艇还设有抵制攻击用的钢锤，就像一把巨型鱼叉。同时，"先进号"可以储存大量的生活物资，如果旅行者被封闭在潜艇内，即便在水下停留一个月，他们也不会发生任何事故。

为了能承受住海底巨大的压力，潜艇被建造得无比坚固，最深能下潜到海下 5000 米。但再往下就会有危险，因为巨大的水压会摧毁潜艇舱。

接下来的一周，海岸边的这个车间里无比繁忙。潜艇的制造工作仍然在高度保密中进行，尽管偶尔会有好奇的人到附近转悠，但他们总是失望而归。起初，史威夫特先生担心伯格会泄露他们制造潜艇的消息，但自从伯格离开之后，这里似乎什么意外都没有发生。

一周后的某个晚上，那两个被雇来帮忙的机械师已经回去了，汤姆独自留在车间里。

潜艇需要再做最后一些调整就能下水。"我想再检测一下水箱的阀门组，"汤姆自言自语道，并准备走进水压舱的大隔间，"我要确保这些阀门运行正常而且反应灵敏。"

汤姆通过潜艇主体与大隔间之间的应急滑门进入了右舷的水箱，这扇滑门由一个螺丝拧盘开启或关闭，当潜艇在水里时，它很少被使用到。

汤姆在手提灯的帮助下开始工作了，他认真、细致地检查着阀门组，这些装置似乎一切都正常。当汤姆准备离开这里时，他突然听到一个奇怪的声音。那是金属互相摩擦产生的声音，汤姆敏锐地意识到，声音来自于潜艇的某个部分。

他拎着灯立即转身，准备离开右舷的水箱。然而，面前竟然是一堵钢制的墙壁，原来紧急出口已经被人从外面关闭了！

根据他以往的经验，就算以最大的声音喊叫，也不可能被 3 米外的人听到。与此同时，史威夫特先生和夏普先生去附近的城市买工具去了，盖瑞特先生也临时离开了，房子里的巴盖特夫人更是听不见他的叫喊声。

"我被关在里面了。"汤姆心想，"一定是螺丝拧盘自动旋转造成的！但我想不明白这种情况怎么会发生！这个水箱是密封的，仅有的氧气无法供我长时间呼吸，我得尽快出去，否则会被闷死在里面。"

他试图抓住那扇滑门内侧的钢板，但钢制门的表面太光滑了，根本抓不住。他彻底被关在了里面，像一个囚犯！他放下手中的提灯，绝望地靠在水箱壁旁。

这时，他听见外面有一个声音喊道："哈哈，汤姆！我终于报仇了，我说过会找你算账的！我看你下次还敢不敢夺走本该属于我的奖金，并且还动手打我。我已经牢牢把你关在里面了，你现在就老老实实地待着吧，等我玩够了再你出来。"

"安迪！"汤姆气愤地嘶喊道，"让我出去！"汤姆用力地敲打着光滑的水箱壁，不停思索着安迪到底是如何找到他的。

第五章

可疑的伯格先生

汤姆用尽全力试图为自己打开一条出路。但没过多久，他就意识到这样做还不如待着不动。

"真是处境窘迫呀！"汤姆思考着该怎么从这里出去。

水箱是密封的，里面的空气虽然足够维持一段时间，但迟早会因为氧气耗尽而不能继续维持生命。汤姆已经感觉有些胸闷，他喃喃自语："我一定要出去！我不能死在这里！"

他又猛推了一下钢制门，然后一遍又一遍地嘶喊，直到疲惫不堪，瘫倒在地。然而，始终没有人回应他。

水箱里的空气渐渐稀薄，汤姆已经被关在里面将近两个小时了，他的头开始嗡嗡作响，耳朵里也出现了耳鸣的症状。

他用手摸钢制门内侧，摸到了拧盘的凸出部分，但在里面旋转这个机械设备根本不可能。"这样做没用，"他呻吟道，随即伸开四肢平躺在水箱的地板上。就在他躺下时，他的手好像碰到了什么东西——原来是一把活动扳手，那是他进来时随身携带的。新的希望顿时涌入脑海，他点燃了一根火柴，并点亮他的提灯，之前为了节约氧气他熄灭了提灯。借助提灯的光线，他四处查看有没有能用扳手拧松的插销或者螺丝帽。不一会儿他就发现这个希望也破灭了。

"还是行不通，"他咕哝着，随手把扳手扔到地板上，一声响亮的哐当声立即传入他的耳中。

"就是它！"汤姆跳起来喊了一声，"刚开始我怎么就没想到呢，我可以用扳手敲击水箱壁来发出求救信号，敲击声可要比我的声音传得远得多啊。"

汤姆抡起扳手开始在水箱壁上用力地敲击。突然他想到前些日子，他和夏普先生筹划空中旅行时，两个人制定了一套信号代码。如果有事的话，他就可以敲击连接"红云号"驾驶室和引擎室之间的管子，凭借一连串组合的数字，信息就可以传播出去。那套信号代码中有一组就是求救信号，即4-0-7这个数字组合[①]，但是他们之前还没有机会使用它。

汤姆立刻终止了随意的敲击，开始有节奏地敲击1、2、3、4然后稍停一下，接着连续敲击7下。他一遍又一遍地敲

[①] 数字组合中的"0"，代表的是停顿。——译者注

出 4-0-7 这组数字，发出信号求救。

"只要夏普先生一回来，即使他在房子里，也能听到求救信号，"可怜的汤姆心想，"也许盖瑞特先生与巴盖特夫人也能听见，但他们不懂这代表什么意思。他们可能会认为这只是我在潜艇上工作罢了。"

汤姆不停地在水箱壁上敲出一组又一组的信号。一条胳膊累了，他就换另一条。他渐渐疲惫不堪，头昏眼花，耳朵里好像有一万个铃铛在叮叮当当地响，他已经很难再分辨哪个声音是自己敲出来的。

敲击的信号一组接着一组地发出，他的意识开始变得模糊。当他准备停下来休息时，突然听见一个微弱的声音叫着他的名字，似乎从很远的地方传来。

"汤姆！汤姆！你在哪里？"

那是夏普先生的声音，接着又传来了史威夫特先生的嗓音："我可怜的孩子！你还好吗？"

"是的，爸爸，我在右舷的水箱里面！"汤姆大喊了一声，随后就失去了知觉。当醒来时，他已经躺在潜艇库里的一堆材料袋上，汤姆的父亲和夏普先生弯着腰站在他旁边。

"你没事了吧，汤姆？"史威夫特先生问道。

"嗯，我……想……"他吞吞吐吐地回答，"我很快就没事了。你们看见安迪了吗？"

"是他把你关在里面的？"史威夫特先生询问道。

汤姆点了点头。

"我一定要把他抓起来！"史威夫特先生愤怒地说，"等你的身体恢复后，我就去镇里报警。"

"不，不要，"汤姆恳求道，"安迪的事情等潜艇试水后再解决，他可能不知道这件事情有多么严重，不过我一定会找他算账的。"

"他差点要了你的命，"夏普先生严肃地说，"还好我和你父亲提前办完事回来了，一走近房子我就听到了你的求救信号。巴盖特夫人和盖瑞特先生在闲谈，我问他们为什么不去回应你的求救信号时，他们说以为你在做焊补工作。这是我们的 4-0-7 信号第一次派上用场。"

"我希望这也是最后一次，"汤姆轻声问道，"但我还是不明白，安迪在这附近干什么？"

新鲜的空气使汤姆的身体很快就恢复了，他已经能够自己走出车间，此时巴盖特夫人正在煮猫薄荷茶，据说这东西对他的身体康复有极大的益处。巴盖特夫人为自己没有回应汤姆的求救信号而感到万分自责。至于盖瑞特先生，当他得知汤姆被关在水箱后就立即跑去找医生。不过现在已经不需要了，史威夫特先生通过电话取消了医生的出诊。

第二天，汤姆已经完全康复了，他可以帮助父亲和夏普先生给"先进号"做最后的调试。他们发现辅助螺旋桨还需要做进一步改进，汤姆对此感到沮丧不已，因为这会导致潜艇的下水试航推迟几天。

"无论怎样，我们都会在下个星期五之前让它下水。"史威夫特先生坚定地承诺道。

"难道你不忌讳星期五①吗？"夏普先生问道。

"一点也不忌讳，"史威夫特先生说道，"汤姆，你去房子里帮我把桌子上的那一卷图纸拿过来。"

汤姆快要走到房子跟前时看见正前方停着一辆小汽车，一个人刚刚从车里下来，汤姆一眼就认出那人是安蒂森·伯格。

"早上好，年轻的史威夫特先生，"伯格寒暄道，"我想见一下你的父亲，这次我可不想因为贸然进入你们的车间而产生不必要的误会，请你让他来这里，好吗？"

"当然可以。"汤姆回答。他不知道伯格为什么会回来。拿到图纸后，汤姆请伯格坐在门廊上，然后跑去传话。

"汤姆，你和我一起去吧。"史威夫特先生说，"我想让你也听听他来这里的目的。"

"史威夫特先生，"一见面，伯格就郑重其事地说道，"我希望你能重新考虑你不去参加政府比赛的决定。我的公司非常希望你能参加比赛。"

"不用再劝我了，"史威夫特回答，"我眼下有一个比参加政府比赛更重要的事情。具体是什么我现在还不便透露，如果

① 在某些西方国家，"星期五"是民俗禁忌。他们认为"星期五"是个不幸的日子。——译者注

我们能成功的话，总有一天你会知道的。"他微笑着看了看自己的儿子。

伯格试图进一步争论，但似乎无济于事，随后他改变了态度，然后说："好吧。既然你说不参加，我会回去告诉公司。""你今天早晨有其他重要的事情要干吗？"

"我总能找到事情让自己忙碌起来，"汤姆回答，"至于说重要的……"

"我想，也许你愿意坐上我的汽车出去转一圈，"伯格打断他的话，"我本来邀请到一位和我住在同一家酒店的年轻人陪我，但他不辞而别，我不想一个人出去转。他的名字叫……让我想想……我不太容易记住别人的名字，他好像叫罗格还是摩格。"

"佛格！"汤姆大喊道，"是不是安迪？"

"嗯，就是这个名字。你认识他吗？"伯格有些惊讶地问。

"应该说，我和他非常熟。"汤姆回答，"他就是那个差点害死我的人。"接着，小伙子讲述了自己被关在水箱里的事情。

"你别再说了！"伯格大声说，"我真没想到他居然是那种喜爱恶作剧的青年。事实上，他爸爸还是我所效力的公司的董事会成员之一。安迪从家里来到海边消磨了几周的时光，还和我住进了同一家酒店。他一定是在你们不注意的时候，悄悄地进入了你们的车间。现在我记起来了，他问过我你们那艘潜艇建造的具体地址，我就告诉他了，没想到他竟然如此可恶。

唉，或许他已经回家了。你能不能陪我出去转转，汤姆？"

"恐怕我去不了，谢谢你的好意。"汤姆回答，"为了让潜艇早点下水，我还有很多事情要做。不过，如果再让我遇到他，我一定会让他为自己之前的行为感到后悔的。"

"那你要保重身体，不要为这件事过于动怒，"伯格说，"好了，我得回去了。"

说完，伯格就匆忙地上了车，汤姆和父亲静静地看着汽车远去。

"汤姆，不要相信这个家伙的话。"史威夫特先生认真地说。

"我也是这样想的，爸爸。"汤姆说，"好了，我们回去继续工作吧。很奇怪他怎么又来这里，安迪也很奇怪。"

父子俩返回潜艇车间时，伯格已经驾驶小汽车离去了。过了一会儿，汤姆有事情要去一所小房子，这所房子位于史威夫特先生在这片临时租住地的边缘。去往小房子的路上，透过篱笆汤姆看见路上停着一辆小汽车。细细一看，正是伯格的车。这辆车好像出了故障，伯格正要下车修理。汤姆悄悄地接近那辆车。

"岂有此理！"汤姆听见伯格自言自语地说，"我真搞不懂他们究竟想要什么东西！他们不参加政府的比赛，还不愿透露原因。他们肯定在耍什么诡计，我要查个水落石出！不知道能否利用一下安迪这家伙？他似乎跟这个汤姆有很大过节，"伯格继续说，虽然声音不是很大，但汤姆听得一清二楚，"我得试试，我要让安迪打探一下他们到底在要什么花招。"

伯格修理了一阵后，汽车能够正常发动了，他坐上车走远了。

"原来这就是事实和真相！"汤姆想，"安蒂森·伯格，从此以后我们会高度提防你。你想知道我们在玩什么游戏，当你知道时会吓你一跳的。不过我现在可不会让你知道，除非我们找到了那些沉没的宝藏。"

然而，不久之后，事情的发展摧毁了汤姆的希望。伯格的确知道了他们的目的，而且企图伺机挫败他们的计划，获取宝藏。

第六章

报仇雪恨

汤姆把自己偶然听到的话告诉父亲后，史威夫特先生并没有像汤姆预想的那样发愁。

"汤姆，我们现在唯一要做的，就是继续保守我们的秘密。"史威夫特先生说，"一旦'先进号'通过水下试航的考验，我们就出海，开启我们的南美洲海岸寻宝之旅。我想，伯格心术不正，我们没有必要因为他而发愁。"

"嗯，我会高度提防他和安迪。"汤姆说。

接下来的日子，他们继续埋头苦干，潜艇不断出现一些意料之外的问题。夏普先生同时还小心谨慎地忙着搜集沉没宝船的更多信息。

"寻找老船长的事情进行得怎么样了？"一天下午，史威夫特先生向夏普先生问道，"找到合适的了吗？"

"是的，我联系到一个人，他正好符合我们的各项要求——阿尔登·威士顿船长，他的足迹遍布世界各地，参加过多次革命战争，是一位幸存的战士。说实话，我并不认识他，是一位朋友介绍给我的。朋友告诉我，他会忠实地为我们效劳。我已经给他写了一封信，要不了几天他就会来这里。"

"非常好！现在就只剩下给沉船定位了。你能找到更多的信息吗？"

"不是很多。你知道，他们在风暴中遗弃了'波德罗号'，船长也没有来得及做记录。据现有信息推算，这艘宝船沉没的位置估计在南纬35°、西经53°的海底，这是一个很模糊的位置，但我希望当我们到达乌拉圭海岸后，能够得到更准确的定位。"

"阿尔登·威士顿船长知道我们此行的目的吗？"汤姆询问道。

"他还不知道，在我们出发之前我不准备告诉他。"夏普先生回答，"而且我担心如果在出发前告诉他是乘潜艇而不是船去寻宝，也许他会不愿意同行。"

第二天，他们意外地发现，潜艇上所必需的一些工具和设备还放在夏普顿的房子里，在史威夫特先生、汤姆和巴盖特夫人都不在的这段时间里，夏普顿的房子由易瑞德凯特·辛普森看管。

"看来，我们得回家一趟把它们取过来，"汤姆说，"爸爸，我们将乘坐飞艇回去，大概需要两天时间。你还想要别的东西吗？"

"对了，我桌子右下方的抽屉里有一包文件，你帮我带过来吧，那里面有我记录的数据。"史威夫特先生回答。

尽管他们飞往任何地方都会引起高度关注，但汤姆和夏普先生早已将乘坐飞艇飞行看作是家常便饭了，对他们来说这种飞行已经没有任何新奇感了。他们很快就让"红云号"做好了飞行准备，并顺利升到了潜艇库的上空，目的地为夏普顿。

他们的飞行很顺利，成功着陆在夏普顿巨大的飞艇库旁边。当他们抵达史威夫特家的时候，已经是黄昏时分了。易瑞德凯特见到他们后，非常高兴。

瑞德的厨艺很好，不一会儿就为他们呈上了一大桌丰盛的佳肴。饭后，夏普先生把选好的工具和其他所需物品装上飞艇，准备在第二天早晨返回；汤姆则想在夏普顿兜一圈，看看能否遇见他的朋友——尼德·牛顿。夜幕降临，美好的一天即将结束，一阵急雨突然袭过，室外的温度格外低。

"我想尼德一定在家里待着，"汤姆心想，因为在这种天气里尼德应该不会外出，"我还有时间，可以去他家里看一下。"

当他准备穿过街道时，汤姆突然被鸣笛声吓了一跳。随后，一个声音朝他大喊："嗨，看着点儿！不想被撞到的话就离远点！"

他扭头一看，发现一辆轿车从他侧面驶来。开车的正是安迪，后排坐着山姆·斯奈德克和皮特·贝莱。

"滚远点儿。"山姆龇牙咧嘴，又冲汤姆喊了一句。

汤姆立即让出一条通道，以便这辆汽车通过。就在汤姆的前方有一洼污水，安迪发现报仇的机会来了，于是立即加速让轿车的轮子驶入水坑，脏水飞溅了汤姆一身，甚至溅到了他的脸上。

"哈哈！"安迪大笑道，"给你点颜色看看，下次你就不会挡我的路了。"

汤姆心中的怒火立即燃烧起来，他擦了擦脸上的污渍，低头瞥了一眼几乎被毁掉的衣服，大声喊道："停车！安迪！我正想找你呢！"因为他回想起了被安迪关在水箱里的情景。

"我们凭什么听你的？"皮特大喊道。

"再见了。"山姆又加了一句。

"你最好先回家洗个澡，然后乘着你们的潜艇去航行吧。"安迪接着说，"我敢保证它会沉入海底。"

汤姆还没有来得及答复，汽车就拐过了街角。他用手绢擦着污迹，心里感到既恶心又愤怒。这时，他听见有人在喊他的名字，抬头一看，竟然是尼德。

"你这是怎么了？摔了一跤吗？"尼德问道。

"是安迪。"汤姆回答。

"我明白了。"尼德回应道,"你不说我也能猜到他干了什么。总有一天,我们会给他抹上沥青、插上羽毛,然后把他赶出这个小镇。等找到机会,我要把安迪好好教训一番,然后在他爸爸解雇我之前,我先主动辞职。但是,在做这些之前我得先找好另一份工作。先跟我回家吧,汤姆,我帮你把身上的污渍清理干净。"

汤姆在尼德家待到很晚,直到他离开时,心中仍燃烧着报复安迪及其同伙的火焰。

第二天清晨,汤姆和夏普先生准备返航了。汤姆叮嘱瑞德看好房子,并告诉他,如果戴蒙先生来到汤姆在夏普顿的家里,务必请他速去他们在海岸边的房子。

随着气囊里充满气体,"红云号"升入空中,螺旋桨开始以中等速度旋转,飞艇的前端直指新泽西海岸。

在飞离夏普顿几千米后,他们发现上空有一股逆风,于是夏普先生让飞艇下降了几百米。他们飞到了一个村庄的上空,往下看时,汤姆发现了一辆在高速公路上疾速行驶的汽车。

"我想知道车里坐着什么人?"说着,他便拿出望远镜,透过机舱的玻璃窗向外望去。随后,他几乎尖叫了起来。

"安迪,山姆,还有皮特!"汤姆大喊道,"我真希望身边有一大桶水,我会把水全部倒在他们的头上!"

"我有一个更好的方法'招待'他们。"夏普先生说。

"什么方法?"汤姆急切地问道。

"你看着吧。"夏普先生回答,"曾经有一个家伙欺负我,我就是用这一妙招来对付他。"

夏普先生去了一趟储备舱,回来时手里拿着应急用的一根又长又牢的绳子,还有一个小的四爪锚。夏普先生用绳子把锚系牢,然后说:"好了,汤姆,他们还没有看见你。你到飞艇尾部去,把绳子扔出去,我来驾驶飞艇,你要做的就是把锚挂在他们汽车的尾部。然后,你就会看到一些有趣的现象。"

汤姆开始按照指示,把拴着锚的绳子慢慢地往下放,四爪锚已经接近安迪的汽车尾部了。汤姆集中注意力,把它挂在了这辆敞篷轿车的后座上。

"把绳子拴在飞艇夹板上。"夏普先生指挥道。

汤姆把绳子拴牢后,夏普先生往气囊里充入了更多的气体,飞艇开始上浮。与此同时,他让螺旋桨反转,"红云号"开始拉着前进中的汽车向后走,并渐渐把汽车后轮提离了地面。

汽车里传出了尖叫声。很快,安迪便抬头向上看,发现了头顶上空翱翔的飞艇,随后也看见了车尾的绳子。现在,为了防止拉翻汽车,飞艇保持高度不再上升;尽管汽车的马达仍在呼呼转动,但这辆轿车却十分滑稽地向后退行着。

"嗨!快放开我的车!"安迪大声喊道,"如果你们胆敢毁坏我的车,我一定会让人把你们抓起来的。"

"你倒是上来把绳子弄断呀!"汤姆一边爬在窗口朝下喊道,一边享受着惩罚恶霸带来的快感。山姆和皮特早已被吓傻,蜷缩在汽车后座下面。

夏普先生又给气囊里注入了大量气体，汽车后轮离地面更高了，安迪完全无法阻止这一切，只能任其摆布。

"噢！噢！"他胆战心惊地大声喊道，"求求你们放我下来吧，汤姆。我为我的所作所为感到无比抱歉！我再也不敢了！求求你，求求你放我下来吧！别把我的车拉翻啊！"

"你承认你是胆小鬼和懦夫吗？"汤姆问道，"回答我！"

"我承认，我承认！求求你放我下来吧！"

"放他下来吗？"汤姆问夏普先生。

"嗯。"夏普先生回答，"把绳子割断吧，我们已经报仇雪恨了。"

汤姆惩罚恶霸的目的已经达到了，他现在十分满意。他拿起一把小斧子，一刀砍断了绳子。随着汽车的后轮落在地面，坐在"红云号"上的他们都听见了轮子与地面的撞击声，接着就出现了两声巨大的爆炸。

"两只轮胎都爆了！"夏普先生干巴巴地说了一句，汤姆朝下望去，发现那几个恶霸正沮丧地坐在车里。安迪罪有应得，他的汽车已经不能行驶了，而飞艇则优雅地掠过上空，缓缓升高，继续着它前往海岸的旅途。

第七章

戴蒙先生的加入

"太开心了，我想他们已经得到了教训，"汤姆透过望远镜看到安迪及其同伙正费劲地修理爆裂的轮胎，"这一招果然厉害！"

"是啊，"夏普先生谦逊地认同道，"我以前也干过类似的事情，只不过那是一驾马车，而不是一辆汽车。现在我们加速航行吧，看看这次能不能打破以前的记录。"

加速行驶的飞艇让他们很快就到达了海岸，比自己预料的时间提前很多，"红云号"用速度证明了自己的实力。而史威夫特先生他们也一直都在努力地完善潜艇的各项性能。

"后天我们就可以让它下水了，"史威夫特先生激情澎湃地说。

第二天早晨，夏普先生在调节一个仪表盘时突然惊呼道：
"糟了！我忘了带一款特殊品牌的润滑油，我本打算从夏普顿
把它带过来的。"

"也许我可以在亚特兰蒂斯买到它，"汤姆提议道，亚特
兰蒂斯是离他们最近的一个海滨城市，"我步行就可以过去，
离这里不远。"

"真的吗？那太好了，汤姆。"夏普先生继续说，"只要
一加仑就够了。"

汤姆立马动身，因为那里的路况太差无法骑摩托车；而飞
艇容易引起别人注意，不适合用于短途航行，所以他选择步行。
他沿着一条新修建的小路走向亚特兰蒂斯，突然听见从沙丘另
一侧传来一个声音。

"可怜的手杖！我想我肯定迷路了。他说过就在这条路附
近，但我什么也没有看见啊。要是那个瑞德这会儿出现，可怜
的鞋带！不知道我会怎么收拾他。"

"戴蒙先生！戴蒙先生！"汤姆喊道，"是你吗？"

"我？当然是我啦！不是我还能有谁？"那个声音回答，
"你是谁呀？可怜的肝脏！原来是汤姆！"他叫喊着。"噢，
见到你真是太高兴了！我还以为自己走丢了呢！可怜的胶靴！
你还好吧？你父亲怎么样？夏普先生，还有其他人都还好吗？"

"都很好，你呢？"汤姆问。

"我？哦，我也很好，就是有点紧张。我昨天去过你们在夏普顿的家，瑞德把你们的大概位置给我描述了一下。我最近在家无事可干，就想到处走走。你们要干什么来着？是要去航行吗？"

"嗯。"汤姆点了点头。

"在天上吗？我可以再去一次吗？我很希望能再次乘坐'红云号'。除了大火和枪击外，我喜欢所有的感觉。"

"我们这次的航行与以往不同。"汤姆说。

"去什么地方？"

"水下。"

"水下？可怜的海面浴！你说的不是真的吧？"戴蒙先生吃惊地说。

"当然是真的。那次我们乘飞艇回来时，爸爸已经设计好他的潜艇了，经过一段时间的完善，后天就让它下水。"

"噢，原来是这样呀。我差点忘记了，他要去赢取政府的奖金。可怜的围巾！还好遇到你了！你这是要去小城亚特兰蒂斯吧？我刚从那里过来，但我可以陪你再去一次。你说，有没有可能带我一起去？当然了，我不想和你挤，但是……"

"你就放心吧，我们有足够大的空间。"汤姆回答，"实际上，空间要比我们在飞艇上大得多。我们那天还在商量把你带上呢，只是当时我们不知道你愿不愿意冒这个险。"

"冒险？可怜的肝脏！我当然愿意冒险了。再危险也没有空中危险，至少它不会掉下去吧。"

"当然不会！不过也许你下去后就上不来了。"汤姆开玩笑地说。

"我很乐意加入你们。上次我都做好准备要死在'红云号'上了，但是我们很幸运，这次我很想感受水下的冒险。愿意带上我吗？"

"当然没有问题。"汤姆笑着回答。

两个人朝着小城的方向边走边聊。路旁有很多小沙丘，他们走在临近海滩的那一侧，这样就可以看到拍岸的白色浪花。

"你还没有跟我说你们要去哪里。"问完那么多事情后，戴蒙先生接着说，"政府的潜艇比赛在哪里举行？"

"呃……"汤姆回答，"跟你说实话吧，我们放弃了去参加政府的比赛。"

"不参加比赛？可怜的拖鞋！为什么呢？难道5万美元不值得去争取吗？我早就听你说过，你们的潜艇性能优良，赢得奖金的机会很大啊。"

"是呀，或许我们能赢。"汤姆认同道，"但我们要去争取一个更加丰厚的回报。"

"更加丰厚的回报？"

"对，沉没的宝藏。"汤姆解释道，"一艘船在乌拉圭海岸附近沉没，船上载有价值30万美元的金条，爸爸和我打算用我们的潜艇把那些金条取回来。我们准备后天起航，如果你想去，我们十分欢迎。"

"去！我当然想去！"戴蒙先生大喊道，"但我怎么就从未听说过这样的事情，价值30万美元的黄金！可怜的钱包！这么多钱！"

"是的，我们希望能找回所有的宝藏，"汤姆说。

"可怜的钱包！"戴蒙先生喊道，这时汤姆的注意力被沙丘后面的两个人吸引住了，汤姆立刻示意戴蒙先生不要说话。其中一个人用犀利的眼神看着汤姆，随后，另一个人也把目光转向了他，汤姆不禁大吃一惊。因为第二个人不是别人，正是安蒂森·伯格。

伯格迅速地瞥了一眼汤姆，然后跟同伴仓促地说了几句话，两人就匆匆转身离去了。

"怎么了？"看到汤姆有些反常，戴蒙先生问道。

"那个……那个人。"汤姆支支吾吾地说。

"你不会告诉我他们是"快乐打劫团伙"的人吧！"

"不，但是那个人或者说那两个人也不是好人。其中一个是安蒂森·伯格，他是一家潜艇制造公司的代理人，他们是我爸爸的竞争对手。伯格一直在调查我们放弃参加政府比赛的原因。"

"希望他没有听到我们的对话。"戴蒙先生说。

"我特别不希望让他知道这件事，"汤姆苦笑着回答，"不过，恐怕他已经知道了，他肯定听见了我们刚才的对话，我的声音太大了。哎，他一定是听见了，所以才会匆忙地离去。"

"也许这没有什么大碍，反正你并没有说出沉船的具体位置。"

"不！从我透露的信息中，我想他很容易就可以收集到沉船位置的相关线索。唉，我得把这件事情告诉爸爸，都是我的错。"

"也有我的错，我不该在公共场合问你这些问题，"戴蒙先生说，"可怜的衣领！我很抱歉！但是你也别太担心，或许那些人只是在相互聊天，他们根本就不知道你在说什么。"

然而，伯格及其同伙下一步的举动就将汤姆的担心变成了现实，"先进号"探险者们的计划已经传入了这群坏人的耳朵里。

第八章

另一支寻宝队伍

汤姆和戴蒙先生继续前往亚特兰蒂斯购买润滑油。汤姆一路上都在为他说出了"先进号"的真实目的,并被伯格听见这件事情感到懊悔。与此同时,伯格和他的同伴正沿着沙丘后面的小路迅速离去。

"你为什么如此着急?"马克斯维尔问道,这个人就是和潜艇公司的代理人伯格走在一起的人。

"我无意中听到了一些事情,我想和我的雇主——本特利和伊格特公司的老板沟通一下。"伯格回答道。

"无意中听到了一些事情?什么事情,莫非那个小伙子……"马克斯维尔似乎预见到了什么。

"时机成熟了我会告诉你，"伯格接着说，"但是我得马上打个电话。"

不一会儿，他们就坐上了通往亚特兰蒂斯的有轨电车，而且赶在戴蒙先生和汤姆之前到达了市区。伯格迫不及待地给公司打了个电话。

"我和史威夫特先生又谈了一次，我查到他放弃政府奖金的原因了。"他向电话那头身处费城的本特利先生汇报。

"是什么原因？"本特利先生急切地问。

"史威夫特先生和他的儿子不在乎那 5 万美元奖金的原因是他们要去争取一笔 30 万美元的巨款。"

"30 万美元！"本特利先生大声喊道，"如今潜艇已不是什么新鲜事物了，哪个政府还会给潜艇制造者提供这么多奖金？我们也应该去争取这样的奖金，是哪个政府提供的？"

"根本就没有政府参与。但是我认为我们应该去争取一下，本特利先生。"伯格说。

"说详细一些。"本特利说。

"好的，我刚刚在无意中打听到，史威夫特父子要去寻找沉没的宝藏——价值 30 万美元的金条。"

"沉没的宝藏？在哪里？"本特利先生吃惊地问。

"我还不知道准确的位置，大概是在乌拉圭的海岸线附近。"伯格迅速讲述了他无意中听到的汤姆告诉戴蒙先生的那些话，本特利先生异常激动。

"如果史威夫特父子要去寻找宝藏，那我们也要去。伯格先生，赶快返回费城，我们得商议一下这件事情，一分钟都不要再耽误。马上回来，我们得制定一套计划。"

"好的。"伯格带着微笑同意，接着便放下听筒。"我认为，"他自言自语道，"你不会比我更有能力去寻找这批宝藏，史威夫特先生，我会让你看到谁的潜艇更厉害。我们之间仍然会有一场竞赛，不是为了政府的奖金，而是为了沉没的金条。"

这时，汤姆和戴蒙先生也到达了亚特兰蒂斯，他们买到了润滑油。当他们准备动身返回时，汤姆没有选择通往海滩的小路，却选择了一条通往市区中心的街道，也就是他们来时走的路。

"你不回海滨，要去哪里？"戴蒙先生问。

"我想去看看安迪是不是又来这里了，"汤姆回答，然后，他将安迪把他关在水箱里的事情告诉了戴蒙先生。

汤姆接着说，"我想搞清楚他是如何得知，通过旋转拧盘就可以关上水箱门。他一定是在车间附近溜达了很久，看见我独自进入潜艇发现自己的机会来了，便跟在我后面潜入了潜艇舱。然而，这些都是我的猜测，我想找到一个完整的解释，如果我能抓住安迪，我一定要让他告诉我真相。"汤姆说着攥紧了拳头。"他曾和伯格先生住在同一家酒店，之后就匆匆逃走了。我第二次见他是在夏普顿，但我想他应该还会来这里的。所以，我想应该去酒店打探一下。"

酒店的登记簿上没有安迪的名字，但是，汤姆通过询问酒店职员得知，伯格仍然住在这里。事实上，戴蒙先生昨晚也住在这家酒店。

"可怜的帽子！"戴蒙先生喊道，这时他们已经开始往停放潜艇的海滩走去，"一想到即将参加的这次航行，我就特别激动。"

"希望你会喜欢这次旅行。"汤姆说，"对于我们大家而言，这都会是一次全新的体验。不过，只有一件事情让我不放心，那就是伯格先生可能听到了我们的对话。我必须把这件事情告诉爸爸和夏普先生。"

当听到儿子讲述完伯格及其同伴的事情后，史威夫特先生有些警觉，但他认同戴蒙先生的观点，因为伯格可能听到了只言片语。

"虽然他们知道了我们要去寻找沉船，但他们也只能知道这么多了。"汤姆的父亲说，"只要阿尔登·威士顿船长一到，我们就马上出发。就算本特利和伊格特公司也要去寻找宝藏，我们也会先他们一步。俗话说：先到者先得，汤姆，别担心。"史威夫特先生又说道："戴蒙先生，你能和我们一起去我很高兴。来吧，我给你介绍一下我们的潜艇。"

父子俩陪着他们的客人去潜艇库时，碰巧遇到了夏普先生，他的手里拿着一封电报。

"好消息！"夏普先生喊道，"威士顿船长明天就能到达这里。他将下榻亚特兰蒂斯的滨海酒店，并想让我们中的一人去那里接他。"

"滨海酒店？"汤姆小声说，"那是伯格住的地方，我希望伯格不会从威士顿船长那里得到我们的任何秘密。"汤姆心里隐约开始出现阵阵恐慌，他跟着父亲和戴蒙先生一起走进了潜艇库。

第九章

威士顿船长

"可怜的水压舱！这真是一艘了不起的潜艇！"看着这个新型的水下旅行器，戴蒙先生惊呼道，"我觉得坐在这里面会比坐在'红云号'里面更加安全。我尤其喜欢'先进号'的船舱布局，在里面肯定会过得很快乐。"

潜艇舱的设计非常棒，里面睡眠设施的配置也很优良。潜艇上能够携带超出飞艇容量更多的物品，有更大的空间可以进行烹饪和用餐。戴蒙先生是个对生活比较讲究的人，"先进号"的厨房是他最满意的地方。

第二天清晨，汤姆动身去亚特兰蒂斯的滨海酒店迎接威士顿船长。他在询问了酒店职员后得知，船长昨天晚上就下榻这里了。

"他在房间里吗？"汤姆问道。

"不在，"酒店职员回答，脸上露着奇怪的笑容，"他可真是个怪人。昨天晚上风那么大，而且好像还有暴雨，但他执意要求我们把他房间里的窗户全都打开，不然他就不肯上床睡觉。他说自己喜欢新鲜空气，我想他一定呼吸了不少的新鲜空气。"

"那他这会儿在哪里呢？"汤姆急切地问道。

"几个女清洁工告诉我说，太阳升起前他就起床了。她们看见他从房间里出来，拿着一个大望远镜，朝海滩那边走去了。到现在还没见他回来，很可能还在海滩边。"

"好的，顺便问一下，伯格先生还住在这里吗？"

"没有，他今天清晨就走了。上夜班的同事告诉我说，他和威士顿船长好像结成了朋友。他们坐在一起聊天到深夜。"酒店职员微笑着说。

汤姆非常吃惊，因为他觉得狡猾的伯格可能愚弄了不知情的船长。

汤姆不知道接下来该怎么办。他希望父亲或是夏普先生提前给威士顿船长打过招呼，嘱咐过他不要泄露沉船的秘密，但是现在看来也许已经太迟了。

汤姆快速走向海滩，那里离酒店并不是很远。他看见一个人独自走来走去，不时停下脚步，拿着一个大望远镜望向大海。汤姆断定那个人就是他要找的船长。他悄悄地接近，脚步在沙地上没有发出半点声音，那个人一直在用望远镜专心地凝望远处。

"威士顿船长。"汤姆开口道。

突然在如此近的距离里发出声音很容易吓到对方，但船长却不慌不忙地转过身。他慢慢地放下望远镜，然后柔和地回答："我就是。请问，你是哪位？"

汤姆愣住了，不为别的，只为船长那柔和的嗓音。根据夏普先生的描述，他觉得自己要去接的应该是一位说话豪放、留着络腮胡子、走路时大摇大摆的人。相反，他看到的是一个中等身材、长着两只微蓝眼睛、有着柔美嗓音、具有绅士风范的人。但是很快，汤姆就回过神来。

"我是汤姆·史威夫特，夏普先生让我来接您，然后前往我们的船①下水的地方。"汤姆不让自己去谈论潜艇，因为夏普先生想亲自给船长介绍这次航行所用的工具。

"哈哈，我应该想到是你，"船长轻柔地说，"今天天气不错，如果你不介意我这样说。"他看似有些踌躇，仿佛在怀疑自己的观察是否准确。

"天气确实不错。"汤姆认同道。

"我觉得有点饿了，也许你可以和我一起去餐厅吃早餐，"

----

① 上文提到，夏普先生不愿意威士顿船长提前知道他们去寻宝是乘潜艇而不是船，所以汤姆在此撒谎说是"船"。——译者注

他接着说。

"不用了，谢谢你的好意，"汤姆回答，"我已经吃过了。等你吃完早餐后我们一起回去。爸爸和夏普先生也非常想见到你。"

"我也很想见他们，如果你不介意我这样说。"他回答，说着又把望远镜放在眼前开始观察。"今天早上没有多少船出海，"他又说，"天气这么好，我们应该尽快起航去寻找宝藏。看了夏普先生给我写的信，我相信我们就是要去寻找宝藏，"他说，"我说得对吗？如果你不介意我提这件事。"

"一点也不介意，"汤姆迅速回答，"威士顿船长，昨晚你见到一位叫安蒂森·伯格的人了吗？"他接着问道。

"是的，你认识伯格先生吗？我们聊了很长时间，他真是一位见多识广的人。"威士顿船长回答。

"你们谈到沉没的宝藏了吗？"汤姆急切地问道。

"嗯，谈到了，请原谅我实话实说，"船长如此回答，好像汤姆听到如此直接的答复会生气一样。但汤姆很快就意识到这只是船长的一个怪癖而已。

"他是不是很想知道'波德罗号'沉没的位置？"汤姆继续问道，"我是说，他是否向你打听了一些关于沉船上黄金的事情？"

"是的，"威士顿船长回答，"他想把我知道的东西全部'榨'出来，如果你不介意我这样形容。昨天我刚到这里时，就开始打听你爸爸的住处。伯格先生听见了，说他认识你和史威夫特先生，他表现得十分友好并向我介绍说他是一家造船公司的代理人。"

汤姆听到后心想，最担心的事情还是发生了。

"我和他聊了大半天，如果我可以这样表达。"船长接着说，"他好像知道'波德罗号'沉船的事情，还知道船上载有价值 30 万美元的黄金。他知道沉船在乌拉圭海岸附近，但却不知道具体在哪里。他一定是推断出我要和你们一起去寻找黄金，所以才问我是否知道。"

"你确实知道沉船的位置，对吧？"汤姆急切地问道。

"呃，我已经把沉船的位置准确地在航海图上标出来了。"船长平静地回答，"我受夏普先生之托，费了好大力气才查出沉船的位置。"

"他很想从你那里得到地图，是吗？"汤姆激动地问道。

"嗯，恐怕他是这样想的。"船长回答。

"你告诉他位置了吗？"汤姆问。

"呃，我没有告诉他……"船长在合上望远镜时又看了一眼，然后说，"但是实话跟你说吧，在我们聊天的时候，我一不小心将自制航海图的副本掉在了地上，上面标着沉船的位置。伯格先生把它捡起来，看了一眼，然后交还给了我。"

"他一定知道了沉船的位置，他会在我们到达之前找到宝藏。真是糟糕透了。"汤姆喊道

"嗯，"船长仍然很镇定地说，"伯格先生拿着地图，仔

细地看了看经度和纬度，那是我标记的沉船的位置。"

"那么，他应该毫不费力就找到沉船了。"汤姆很失望地低声说。

"呃？你说什么？"船长问道，"请允许我让你再重复一遍你刚才说的话。"

"我是说这样一来，他毫不费力就能找到'波德罗号'沉没的位置，"

"噢，如果他依靠那张航海图的话，我想他会感到吃力的。"船长出人意料地回答。威士顿船长解释："从他开始和我搭话，我就知道伯格先生的意图了，于是我就给他耍了一个小手段，那张航海图是我故意掉在地上的，并不是不小心掉下去的，目的就是让他看见沉船的位置。不过，他看到的那个位置是我虚构的，已经偏离实际位置大约 800 千米。我想，如果伯格先生和他的朋友要是去那里寻找宝藏的话，他们会走到一片很深的海域，那里荒无人烟。呵呵，我可不像你们看起来那么简单，如果你不介意我谈这个事实。当一个无赖想设计愚弄我时，我最擅长的就是将计就计。像伯格这样的人，我以前见多了。我只是担心，甚至非常担心，他看到的那张假航海图把他害得不够惨。噢，我说，我们去吃早餐吧，如果你不介意我再次邀请你。"说着，船长开始离开海滩，汤姆跟在他后面。

面对眼前如此出人意料的一切，汤姆的脑子乱作一团。

第十章

潜艇试航

　　听完威士顿船长的解释后，汤姆如释重负，他陪同这位古怪的船长吃了自己的第二顿早餐。每当想起伯格上当受骗时，船长就会咯咯地笑。

　　"是啊，"威士顿船长说，"我第一眼看到他时，就知道他是个狡诈的家伙。但很明显他看错我了，请允许我这样说。等我们找回宝藏后，也许我和他还会见面的，那时候我会给他看标注沉船位置的真实的航海图。"

　　"那么，你有真的航海图？"汤姆急切地问道。

　　威士顿船长点了点头。

　　"我可以看一眼吗？"汤姆迅速地问道。船长放下手中的咖啡杯，仔细地扫视了一圈酒店的餐厅，只有几个客人，和他一样吃着过时的早餐。

"我是这么觉得的，"船长轻柔地说，"如果你要去一个鲜为人知的海域，而且不想留下痕迹让别的家伙跟踪，那么最好还是别看了，如果你不介意我这么说。"

汤姆突然对自己轻率的言行感到惭愧。他觉得自己对宝藏消息的泄露负有很大的责任，尽管这件事在报纸上也有报道。而刚刚，他差点又要造成另一个秘密的泄露，他意识到自己以后应该更加谨慎。

船长看出了他内心的不安，便说："我知道你是怎么想的，我不会怪你的，我像你这么大时，也和你的性格一样。放心吧，我们不久就会到达你们的住处，然后我会告诉你我所知道的一切。现在我可以很有把握地告诉你，我已经把沉船定位在几千米之内。我认识一位水手，他遇见过一名波德罗号的船员，给了我一些很有价值的信息。现在，你可以给我介绍一下我们要乘坐的那艘船，这笔大买卖全靠它了。"

汤姆不知道该怎么回答。他想起了夏普先生的一再叮嘱，在最后时刻到来之前，千万不要告诉威士顿船长我们将会乘坐潜艇出行，否则只怕这位船长因此不愿意参加这次水下冒险之旅。所以，汤姆现在犹豫不决。看到这种情况，威士顿船长轻柔地说："我的意思是，你们的潜艇是什么类型的？它是靠压缩空气推进还是水力推进？"

"潜艇……你怎么知道我们要用到潜艇？"汤姆惊诧地问道，感到非常困惑。

"那还不容易，当伯格先生想要榨取我的信息时，我反而从他身上榨取到了更多信息。他告诉我他们公司制造的潜艇如何好，当然了，他也谈到了你们的潜艇。他把事情一件件都告诉了我，其实我对你们的潜艇已经了解不少了。你们把它叫作什么来着？"

"叫'先进号'。"

"好名字，我喜欢，如果你不介意我这么说。"

"我们还怕你不喜欢呢。"汤姆解释道。

"不喜欢什么，潜艇的名字吗？"

"不是，是用潜艇作为寻找宝藏的工具。"

"哈哈。"威士顿船长大笑道，"我可不是一个胆小怕事的人，如果你不介意我这样说。在水上漂浮了这么多年，我一直渴望到水底世界去看看。你吃完了吗？如果你不介意我这样问，我们动身去你们的住处吧。我们得抓紧时间，因为伯格可能注视着我们的一举一动，即便他拥有错误的航线。"他再次笑起来。

在得知威士顿船长不反对乘坐潜艇后，史威夫特先生和夏普先生心中的一块大石头终于落地了。船长以他独特的方式，马上就和他们成了朋友，他和戴蒙先生简直是一拍即合。汤姆兴致勃勃地讲述了他和船长的见面经过，还讲了船长如何愚弄伯格的事情。

"对了，也许你想去看一下那艘潜艇吧，在水下它就是我们的家。"史威夫特先生提议道。在汤姆的协助下，史威夫特先生自豪地为船长指出了"先进号"的新颖之处。威士顿船长热情地提出了一两个小建议，并得到了采纳。

"不错，你明天就可以让它下水，"看完潜艇后，船长说，"希望它会很成功，如果你允许我这样说的话。"

第二天，机械车间周围一片繁忙。由于保密工作做得比较好，不管是海滩附近的居民还是偶尔登门的访客，他们都不知道在自己的身边竟然存在这样一艘如此令人惊奇的航行器。他们对潜艇做了入水前的最后一次调试，从潜艇库到海湾的轨道都已经涂上了润滑油，一切都已准备就绪。潮汐很快就要来临，届时会带来大量海水，接着潜艇会顺着木轨滑入水中，如果潜艇能漂浮在水面就意味着成功了一半。他们决定，在潜艇滑入水中之前，任何人都不得登艇，因为他们不知道潜艇的浮力有多大。大家期望看到的是，潜艇能够漂浮在水面上，往水箱注入海水时它才会逐渐下沉，但现在谁也说不出结果到底会怎样。

"现在离涨潮还有10分钟。"威士顿船长看着他的怀表，轻柔地说。接着，他拿起望远镜观察。"没有可疑船只，"他报告说，"形势大好，如果你们不介意我这样说。"他似乎总是担心自己的话会冒犯别人。

"准备，"史威夫特先生命令道，"汤姆，检查绳索是否正常。"因为海湾太窄，他们决定在粗绳和卷扬机①的帮助下把"先进号"送入水中，如果按照常规方式下水，它的头部会撞到对岸的泥滩里，甚至可能陷在那里。

"全部正常。"汤姆汇报。

"涨潮了！"过了一会儿，船长合上怀表喊道。

"放开绳索！"史威夫特先生命令道，并操纵着各种型号的卷扬机，汤姆和其他人则缓缓放开手中的绳子。潜艇顺着光滑的轨道慢慢向前滑动，渐渐靠近水里。它聚集了多少紧张的目光啊！越来越近，越来越近，它那安装着电极板和辅助螺旋桨的鼻头仿佛已经嗅到了海水的味道。现在，海湾里的水已经不再上涨，平静地等待着退潮。

随着小浪轻轻拍打到钢制船体上，"先进号"第一次与大海亲密接触。

"放快绳索！"史威夫特先生大声喊道。

卷扬机的转速越来越快，一米又一米，潜艇继续向前滑动，最后，它向前一冲，艇艉离开了轨道，潜艇完全到达了水面上。测试的结果即将揭晓。它会漂浮在水面，还是沉没不见，抑或翻个底朝天？大家快速跑向水边，汤姆跑在最前面。

"哇！"汤姆突然大叫道，激动得跳了起来，"它浮起来

---

① 卷扬机，又称绞车，是用卷筒缠绕钢丝绳或链条以提升、牵引重物的小型起重设备。——译者注

了！我们成功了！来吧！我们登艇吧！"

确实，"先进号"稳稳地停留在水面，它看上去比例匀称、线条完美，傲然屹立在水面，就像一只等待扬帆起航的大船，等待着主人发出命令。

"快点，我们得让'先进号'停靠在岸边。"夏普先生指挥道，"潮水很快就会退去，那会把它带到海里的。"

他和汤姆坐上一只小船，在绳子的牵引下，不一会儿就让潜艇靠在了一个特别设计的码头上。

"我要去试试引擎，"史威夫特先生说，他已经激动得全身发抖，因为这艘潜艇对他来说意义尤为重大。

"稍等一下，"威士顿船长请求道，"如果你不介意，请让我先观察一下。"他拿起望远镜扫视了一下海面。"一切正常，"他汇报说，"现在我们可以登艇试航了。"

他们很快就进入了潜艇舱，盖瑞特先生也一道进来了，他负责帮忙操作机器。没花多长时间，他们就启动了发电机、电动马达，那个大型的汽油引擎暂时没有启动，而这些都是潜艇的核心组成部分。他们往水压舱里注入了一些海水，因为食物和其他补给品还没有装入潜艇，所以艇体显得很轻。此时此刻，"先进号"只剩下指挥塔和塔后面的甲板漂浮在海湾的水面上，甲板露出水面大约有半米高。史威夫特先生和汤姆进入了指挥塔里的驾驶室。

"启动引擎，"史威夫特先生命令道，"我们要试一下这套全新的正负电极板推进器。"

汤姆和史威夫特先生的脚下立即发出了嗡嗡的声响，威士顿船长还站在指挥塔旁边的小甲板上。

"都准备好了吗？"汤姆用通话管向引擎室里的夏普先生和盖瑞特先生问道。

"准备好了。"他们回答。

汤姆扳动了连接杆，史威夫特先生紧紧地握着方向舵。"先进号"突然向前一跃，半淹在水中，迅速向前移动。

"动起来了！它动起来了！"汤姆大声喊道。

"确实动了，"威士顿船长平静地说，"祝贺你们。"

潜艇越来越快地向前航行，史威夫特先生把它对准了港湾外的大海。就在他们快要驶出海湾时，史威夫特先生让它停下了，因为他还没有准备好去深水探险。

"我想测试一下辅助螺旋桨。"他说。对于电极板推动器所需的测试时间稍微长一些，它达到了令人满意的效果。电极板能够以较高的速度牵引和推动潜艇在海湾里来来回回地航行，然而辅助螺旋桨，和大多数潜艇上安装的一样，也能正常运转。不过，它的性能不如正负电极板那么出色，当然设计者也不奢望它能有多么出色的表现。

"我觉得很满意，"史威夫特先生说，接着又把潜艇转向大海，"我说，威士顿船长，你最好还是从指挥塔的甲板上下来吧。"

"为什么？"

"因为我打算让潜艇完全沉入水下。汤姆，关上指挥塔的门。威士顿船长，或许你可以来我们这里，尽管你可能会觉得有些挤。"

"谢谢，我这就下来。我还真想试试在水下驾驶的感觉。"

汤姆关上了指挥塔的密封门，他们通过管子向引擎室传话，潜艇将进行一项更加严格的测试。潜艇已经驶出浪花区，来到了一望无际的外海。

"都准备好了吗，汤姆？"他的父亲低声问道。

"一切就绪。"汤姆紧张地回答。下沉的指示已经发出，对他们所有人来说，都不知道接下来会发生什么事。

"打开水箱组，注入海水。"史威夫特先生命令道。

汤姆打开阀门，调整了几个操纵杆。伴着一阵嘶嘶声，"先进号"开始下潜。它渐渐向海底靠近，然而在它再次浮出水面之前，这些乘客们注定要遭遇一次可怕的经历。

第十一章

海床之上

　　随着"先进号"的舱体一点点没入水中，巨大的漩涡和大量气泡浮出水面。此刻，只有指挥塔的顶端还露在水面上。透过驾驶室的厚玻璃窗，汤姆、史威夫特先生和威士顿船长，仔细地观察着海面的情况，海水很快就挡住了他们的视线。

　　"我们马上就要完全淹没在水下了。"听到海水哗哗地注入水箱组时，汤姆兴奋地说。

　　"嗯，到时候就可以检验我们的劳动成果了。"史威夫特先生说。

　　几分钟后，海水没过了指挥塔的顶端，"先进号"完全潜入了水下。随着潜艇下潜得更深，从水面照来的光线渐渐消失，黑暗开始将他们包围。

"汤姆,把电灯和探照灯打开。"他父亲指挥道。

开关咔嗒一响,灯光立即照亮了整个驾驶室,结果导致他们看不清外面的情况。于是,汤姆关掉电灯,打开了探照灯。超强的光束顿时直射向前方,为探险者们照亮了前行的路。

"好极了!"威士顿船长大喊道,他比以前说话多了些激情,"感觉太棒了,如果你不介意我这样说。我们现在有多深?"

汤姆瞥了一眼驾驶舱一侧的深度指示表。

"大约18米。"他回答。

"不要再往下潜了!"船长迅速地喊道,"我知道这附近的水有多深,再往下潜就会触底了。"

"我原本打算过一会儿就潜到底,"史威夫特先生说,"但不是这里,我想去一个比较深的水域,然后再潜到海底。不过我想,对于测试而言,这个深度已经足够了。汤姆,关闭水箱的进水口,我们要看看'先进号'在水下的表现。"

随后,咝咝的进水声停止了,他们打算去看看马达组及其他机械装置是否正常工作。史威夫特先生和汤姆在威士顿船长的陪同下,从指挥塔里通过内置阶梯,朝潜艇内部走去。现在,潜艇位于海湾水下大约19米处。

"可怜的眼镜!太震撼了,我做梦都没想过能看到如此美丽的景色!你想想,我现在身处水下,却没有一处被打湿,可怜的领带!这真是太神奇了!我们接下来要干什么?"

"向前航行。"汤姆回答。

"最好还是先观察一下吧，"威士顿船长建议，说着便从袖子里拿出望远镜。他一上潜艇就把它装在袖子里了，然后抽开它。"要不然我们可能撞到某些东西，如果你不介意我谈及这令人生恶的玩意儿。"说罢，他又合上了望远镜，因为他发现自己的宝贝在水下根本用不了。

"恐怕在这里望远镜没有任何用处，"船长微笑着说，"不过，我觉得我们大可放心，这个位置应该不会出现任何船只，我想大多数船只更喜欢待在水面。估计在这条航线上也只有我们自己了，除非遇上政府的潜艇。不过，他们一般不会潜得像我们这样深。"

"除非遇到伯格及其同伙驾驶的潜艇。"汤姆小声说。

"哈哈！"威士顿船长大笑道，"不会的，我相信我们不会遇见他们，汤姆。我猜伯格先正在研究我给他看的经纬线呢，我真想看到他发现自己被欺骗时的样子。"

"哈哈，我希望他不会很快就发现自己上当，然后跑过来跟踪我们，"汤姆接着说，"好了，我们现在要启动推动装置了。"

"没问题，"船长回答，说罢便离开起居室，同汤姆一起走进一个小隔间，这也是除指挥塔以外的另一个驾驶室。它的功能和指挥塔一样，有完全可以正常使用的操纵杆、方向舵和阀门组，在这里操控潜艇和在指挥塔里一模一样。

"一切正常吗？"史威夫特先生问道。他刚走进引擎室，只见盖瑞特先生和夏普先生正忙着整理润滑油罐子。

"一切正常，"夏普先生回答，"现在要启动吗？"

"嗯，我们的深度已经足够做速度测试了。我们将开到外海去，那里的水更深。我们要挑战一个更深的记录。启动引擎！"

过了一会儿，强大的电流传入了潜艇前后部位的正负电极板，"先进号"开始在水中稳步前行。

"勇往直前，驶向大海。"史威夫特先生大声喊道。

"是，长官。"汤姆有力地回答。

"哈哈！你真有水手范儿，如果你不介意我这样形容，"威士顿船长大笑着对汤姆说，"孩子，注意掌舵，如果你不想让它的艏部插入淤泥，或是撞上海底的沙洲。"

"要不你来掌舵？"汤姆提议道，"我先向你学习学习。"

"没问题，这样或许会安全一些。虽然在水底我不能像在水面一样操控自如，但是我比较了解海床的情况。"

他们调整了高亮度探照灯的方向，以便它的光束能照亮潜艇前方的路。随后，"先进号"积聚力量冲向前去，就像一条健硕的大鱼在水中游动。

戴蒙先生一会儿逛到驾驶舱，一会儿出现在起居室，一会儿又钻到史威夫特先生、夏普先生和盖瑞特先生操作引擎的地方。每隔几分钟，他都会可怜点什么。最后，这位年长的男人终于安静地坐在主舱里，透过玻璃窗向外看。

潜艇继续向前行驶，在汤姆娴熟的操控下，它表现良好。

有时汤姆会根据父亲的指示，通过操纵升降舵让它浮出水面航行一段距离后，再下潜航行。

威士顿船长一直待在汤姆的身边，给他一些指导。为了判断方向、避免碰撞，威士顿船长一直盯着罗盘。在一个多小时的航行中，潜艇保持着中等速度，几乎没有转过弯。随后，史威夫特先生来到了汤姆和船长身边，问道：

"这里的海水有多深，威士顿船长？"

"超过 1600 米了。"

"很好！那我们就下潜到海底吧！汤姆，往水箱里注入更多的海水。"

"是，长官，"汤姆欢快地回答，"迎接一个全新的体验吧！"

"同时使用升降舵，"史威夫特先生建议道，"这样可以加快速度。"

五分钟过后，潜艇出现了一阵轻微但很明显的震动。

"可怜的灵魂！这是怎么了？"戴蒙先生喊道，"我们撞上什么东西了吗？"

"是的。"汤姆笑着回答。

"上帝，到底撞上什么东西了？"

"海底！我们已经到了海床上！"

第十二章

新鲜空气

　　要不是深度表的帮助，他们很难判断潜艇是否触底。现在，它显示的深度为1700米。"先进号"已经停在了大西洋的底部。

　　"好极了！"汤姆喊道，"爸爸，我们穿上潜水服去水下的陆地走走吧。"

　　"不行，"史威夫特先生冷静地说，"我们今天没有那么多时间。而且，潜水服上的自动空气罐还没有安装，所以现在还不能使用。在我们的寻宝之旅开启前，我们还有很多事情要做。"

　　"用探照灯四处照一下，看看我们周围的情况，然后就打道回府，"史威夫特先生提议道，"我们大约需要两天时间，往潜艇上装载食物和必需品，还要装配好潜水服，之后我们就可以去寻找沉没的宝藏。"

"先进号"上装有好几个高亮度的探照灯，分布在艇艏、艇艉，以及潜艇的其他一些部位，这样它们就能照亮潜艇四周的海域，而且临近每个探照灯的地方都有观察窗。

高亮度的光束从艇艏一直扫到艇艉。在明亮的灯光中，他们可以看到海床上的沙子和各种各样的贝壳，巨型螃蟹用长长的节状腿四处走动。汤姆还看到了一些可以让渔夫们欣慰不已的大龙虾。

"快看，一条大鱼！"戴蒙先生突然大喊道，他用手指向玻璃窗外一个游动的黑乎乎的物体，很明显它是被光束惊动了。

"那是鼠海豚[①]，"威士顿船长简短地说，"准确地说，那不是一条，而且是一群。"

鼠海豚的数量越来越多，不一会儿，潜艇的乘客们就感到一阵明显的晃动，这些鼠海豚似乎在撞击潜艇。

"这些鱼在摩擦我们的潜艇，"汤姆喊道，"它们把潜艇的钢铁外壳当成了自己挠痒痒的工具啦。"

他们在海底停留了很长一段时间，欣赏着这令人惊奇的画面。

"先进号"在海底东走走西逛逛，大约过了 1 个小时，史威夫特先生说："好了，我看我们可以浮出水面了吧。我们没

---

① 鼠海豚是北海和波罗的海中最常见的齿鲸，生活在北大西洋欧洲、非洲和北美洲东岸，以及在黑海和太平洋亚洲和美洲的海岸附近。——译者注

有携带任何干粮，我有些饿了，不知道各位感觉如何呀。"

"可怜的盘子！我也想吃东西了！"戴蒙先生喊道，"该回去啦，等我们出海寻宝时，有的是机会欣赏水下的美景。"

"准备上浮，汤姆，"史威夫特先生喊道，"我得做一些记录，把这些需要改进和完善的地方写下来。"

汤姆进入了下面的驾驶舱，打开了水箱组的泄水阀门。同时，也拉下了开启水泵的操纵杆，以便加快水压舱的排空速度，让潜艇获得更大的浮力。然而，令汤姆吃惊的是，海水竟然没有往外排，"先进号"依然静止在海床上。正在做笔记的史威夫特先生突然抬起头。

"难道你没听见我让你启动潜艇上浮吗，汤姆？"他温和地问道。

"我听到了，爸爸，但是好像什么地方出故障了。"小伙子回答。

"故障？你指哪方面的？"史威夫特迅速走过去，来到汤姆和威士顿船长身边。

"不知道为什么，水箱无法排空，水泵似乎也没有作用。"

"让我试试看，"史威夫特先生说，接着他拉动了好几个手柄，机器没有任何反应。

"太奇怪了，"他疑惑地说，"也许是连接上出了问题。你去引擎室问问夏普先生，看那里的情况是否正常。"

汤姆立即跑过去，回来后说发电机、电动马达及汽油引擎都运转正常。

"到指挥塔操纵水箱和水泵试试，"威士顿船长建议道，"我知道汽船上的转向装置有时候就会出现这种问题，潜艇大概也是这样。"

汤姆迅速从螺旋式阶梯进入指挥塔。他拉动那里的操纵杆，转换了阀门，还旋转了各种轮盘，但水箱里的海水还是没有往外排。海水的重力和压力使潜艇仍然处于离水面 1600 米的海底。引擎室里的水泵在高速转动，史威夫特先生很快就得出结论，是连接装置出了问题。

"我们得马上把它修好，"他说，"汤姆，来引擎室。你，我，盖瑞特先生和夏普先生很快就能解决这个问题。"

"我们会有危险吗？"戴蒙先生焦躁地问道，"可怜的灵魂！潜艇在试航中就出故障，真是不走运呀。"

"噢，我们应该做好潜艇出故障的心理准备，"史威夫特先生说。

然而，在实际的操作过程中，重建水泵与水箱组之间的连接要比他想象的困难得多。阀门组也有问题，不是堵塞就是卡死了。潜艇外的水压非常大，海水不能从水箱自动流出，因此必须得借助外力。

史威夫特先生和汤姆，还有其他人马不停蹄地工作了一个多小时，但没有取得任何成效。当史威夫特先生暂时停下来歇息时，汤姆焦急地看着他。

"别担心，"史威夫特先生说，"迟早会好起来的。"

就在这时，一直在潜艇里漫步的戴蒙先生，走进了引擎室。

"你知道吗？"他说，"你应该打开一扇窗户，或是说类似的东西。"

"为什么，发生什么事了？"汤姆迅速问道，心想戴蒙先生是否在开玩笑。

"噢，当然了，我说的不是一扇实际的窗户，"戴蒙先生解释道，"但是我们需要新鲜空气。"

"新鲜空气！"当复述这几个字时，史威夫特先生的声音里隐含了些许惊慌。

"是的，在起居室里我感到呼吸非常困难，在这里也不怎么好。"

"不会吧，应该有足够多的新鲜空气呀，"史威夫特先生说，"空气会自动更新。"

汤姆立即跑过去看了一眼指示器，随后发出了一声尖叫。

"一小时前空气就没有变动！"他喊道，"太糟糕了，这里竟然没有足够的氧气了。幸好发现了，我得马上停下手头的工作，压力计的指针也显示出这个问题。一定是空气自动更新器坏了，我这就去修理。"

他很快就走到那个为潜艇内部提供新鲜空气的机器旁边。

"不可能，这些空气箱竟然是空的！"汤姆大声喊道，"现在除了潜艇舱里的空气，我们没有更多空气了！"

"而且这里现有的氧气很快就会消耗殆尽。"威士顿船长严肃地补充道。

"难道你们不能再制造一些吗？"戴蒙先生叫喊道，"我记得你说过你们可以在潜艇上制造氧气。"

"我们确实能造出氧气，"史威夫特先生回答，"但是这次试航我们没有带必须的化学用品，我原以为不会潜这么长时间，根本用不上那些东西。对了，储备箱里的压缩空气或许还可以支撑一段时间。你检查了没有，汤姆？"

"都漏光了，要不然就是我们试航前根本没往里面充入空气。"他绝望地回答，"现在，我们只剩下潜艇舱里的这点空气，没有更多了。"

探险者面面相觑，他们现在身处危险的环境中。

"所以，我们唯一能做的事情就是修理机器，使它尽快上浮到水面，"夏普先生简短地说，"然后我们就能得到新鲜的空气。"

"是的，但是机器似乎不可能再修好了。"汤姆有些泄气，小声地说。

"我们必须修好！"史威夫特先生喊道。

求生的欲望让他们鼓起勇气，再次全力投入到抢修工作中。所有人都知道，长时间待在这种没有氧气的潜艇里肯定活不了；他们也知道，现在不能抛弃潜艇游向水面，因为在他们离开那厚厚的钢铁盔甲的一瞬间，强大的水压就会致他们于死地；潜水服也用不了；可迅速膨胀的应急浮舱目前还没有正式投入使用。因此，修好机器，让"先进号"迅速浮出水面是他们现在唯一的解决方案。

他们更加拼命地工作，检查每个机械装置，汤姆、史威夫特先生、夏普先生和盖瑞特先生都在绞尽脑汁地想办法使水泵恢复正常，但是某个地方的故障依然得不到解决。舱内的氧气越来越少，他们现在都开始大口喘气。在目前这种环境下，呼吸都很吃力，更不要说工作了。每个人的大脑中仿佛都浮现出了可怕的结局。

"噢，我只想呼吸一口新鲜空气！"戴蒙先生有气无力地说道，他看起来比其他人更加难受。死神已经在他们周围徘徊，他们像囚禁在海床上的犯人，望着头顶1700米高的海面，瞬间感觉可望而不可即。

第十三章

起航寻宝

停顿了一会，汤姆突然拿起一把扳手，开始去拧松一些螺帽。

"你在干什么？"他的父亲轻声问道，受缺氧的影响，他现在已经非常虚弱。

"我要把这个阀门卸开，"他的儿子回答，"我们还没检查过这里，也许正是这里出了故障。"

汤姆使劲地拧这个阀门，但不一会儿手就酸了，缺氧后的症状在他身上表现了出来，他不能继续敏捷地工作。

"我来帮你。"夏普先生有气无力地喊道。他拿起一把扳手，但是刚拧松一颗螺丝帽他就倒下了，"我不行了。"

"夏普先生昏厥了，如果再得不到新鲜空气，他很快就会死去，我们也一样，"威士顿船长紧张地说，"大家都平躺在地板上，下面的氧气浓度大一些，我们能靠它多存活一会儿。可怜的夏普先生，他习惯了呼吸高空稀薄的空气，却不能承受这种沉闷的气体。"

汤姆在强烈的求生欲的驱使下，试图再次去拧开那个大阀门。他确信毛病肯定出在那里，因为其他所有可能的地方都已经检查过了。

"我来帮你，"盖瑞特先生几乎在用耳语说话，他同样已经难以移动身体。

空气中的氧气越来越少，这使汤姆产生了一种错觉，好像呼吸的每一口气，都会使他的大脑膨胀，似乎快要爆炸了。但他仍然挣扎着去拧螺丝帽。现在已经取下三颗了，还剩四颗。他又取下三颗后，盖瑞特先生拧下了最后一颗。汤姆揭开了阀门护板，对他来说这块板子似乎有一吨重。他向里面瞥了一眼。

"问题就在这里！"他低声说，"阀门阻塞了，难怪不能正常工作。水泵根本无法把水抽出去。"

只用了一分钟，汤姆就修好了阀门，然后汤姆和盖瑞特先生一起安装好了护板。

如何插入螺栓并拧上螺帽，他们后来已经记不清楚了，但他们在双手哆嗦、视力下降的情况下仍然努力做到了。

"快！立即启动水泵！"汤姆虚弱地喊道，"水箱很快会被抽空，我们就能浮到水面了。"

夏普先生仍然昏迷不醒，他躺在地上，双眼紧闭。盖瑞特先生匍匐到引擎室启动水泵。很快，机械装置的叮当声告诉汤姆，水泵开始运转了。汤姆蹒跚地走进驾驶舱，拉动了操纵杆。海水立刻冲出水压舱，并发出咝咝的声音。潜艇出现了摇摆，似乎不愿离开海底，接着它开始缓缓上升。随着水泵的高速转动，大量的海水从水箱里排出来，潜艇开始向水面冲刺。汤姆已经准备好，一旦指挥塔浮出水面，他就立马打开舱门让新鲜空气进来。

"先进号"终于浮出水面。汤姆拼尽全力地旋转着拧盘，打开指挥塔的门。一股新鲜空气立即涌入潜艇舱，随后，这些救命的气体很快就进入了探险者的肺里。

空气来得非常及时，夏普先生差一点就再也醒不过来了，当他呼到足够多的氧气后，很快就苏醒了。其他人也一样，都很庆幸自己终于能大口大口地呼吸新鲜的空气。

"真是死里逃生呀，"史威夫特先生喘着气说，"今后在没有安装应急设施之前，我们再也不能贸然潜入水下了。下次出发之前，我一定要仔细检查空气箱和应急浮舱。现在，我们只能通过水面航行回家了。"潜艇调转了方向，直奔码头。

当"先进号"终于抵达下水时的僻静海湾，探险者们才从这次可怕的经历中恢复过来。不过，在之后的很多天里，史威夫特先生和戴蒙先生的神经似乎都没有得到足够的放松。

"我不应该在没有检查储备箱空气的情况就进行水下试航，"史威夫特先生说，"我绝不允许自己犯同样的错误。但是我想不通，水泵的阀门怎么会出现故障。"

"也许是有人之前偷偷捣鬼，"戴蒙先生猜测，"比如安迪、'快乐打劫团'里的人，或是我们的竞争对手干的？"

"我不这么想，"汤姆回答，"自从伯格和安迪溜进来后，我们就加强了车间的看守。我想这只是一次意外。不过，我想到了一个办法，可以避免这样的意外再次发生，只需一个简单的装置就行了。"

"一定记得给它申请专利。"夏普先生微笑着建议。

"也许我会，但不是现在。"汤姆回答，"我现在可没有时间，我们要尽快做好航行准备。"

"是呀，我必须说，越早出发越好，"威士顿船长说，"因为时间宝贵，如果你不介意我这样说。"他谦虚地补充道，其他人都笑了，大家已经习惯了他这种独特的说话方式。

把潜艇停靠在码头后，这些探险者的第一个行动就是给潜艇装载食物和必需品。汤姆和戴蒙先生管理这方面的事务，而史威夫特先生和夏普先生则负责对潜艇做一些必要的改动。第二天，汤姆把他新发明的装置安装到水泵阀门上，接着又继续向潜艇运输补给品。

一周过后，寻找黄金的一切准备都已完成。威士顿船长仔细地制定了将要航行的路线。他们打算在出发的第一天，让潜

艇保持在水面航行，以便完全走出浅海区。然后，潜艇将下潜
到水下航行，直到找到沉船残骸，当然他们有时也会上浮水面，
更新舱内的空气。

尽管他们储备的食物和必需品可以让他们在水下生活几个
月，但他们不希望这次航行超过 60 天。出发的那天早晨，这群
探险者们很早就来到了码头。盖瑞特先生没有和他们在一起，
他说自己对水下航行之旅不感兴趣。于是，史威夫特先生让他
留在海岸边的租住屋看守车间，那里面有很多贵重的机器，飞
艇也停放在那里。

"大家都准备好了吗？"当他们快走到潜艇指挥塔的舱口
时，史威夫特先生向所有人寻问道。

"爸爸，都准备好了。"汤姆回答。

"那么，我们登船吧，"威士顿船长说，"不过，先让我
观察一下。"

他用望远镜扫视了一下海面，汤姆注意到船长有时会把目
光固定在一个点上。

"你发现什么东西了吗？"汤姆问道。

"嗯，远处有一只船，"他回答，"并且船上有个人也拿
着望远镜在看我们。不过,海上偶尔出现一两只船也是正常的。"

"所有人都登船吧。"史威夫特先生命令道。接着，他们
进入了潜艇。汤姆和他父亲，还有威士顿船长留在指挥塔。出
发的信号已经发出,强大的电流进入潜艇首部和尾部的电极板，

"先进号"浮在水面快速向前驶去。

船长又拿起望远镜，透过指挥塔的玻璃窗看了看远处。他突然吃惊地大喊一声。

"怎么了？"汤姆问道。

"一只船……一只小汽船……它起锚了，似乎要朝这边开过来。"他回答。

"也许是伯格雇佣的人想跟着我们，探寻我们的动向。"汤姆猜测道。

"如果真是这样，那我们就好好戏弄他们一番。"史威夫特先生自信地说，"密切关注他们的行动，船长，我们和他们玩个游戏。"

"先进号"像一支利箭划过水面，它已经驶上了那条寻找沉船宝藏的既定航线，但是竞争对手已经盯上了他们，因为威士顿船长发现的那艘汽船正快速地向他们靠近。

第十四章

潜 水 服

毫无疑问，那艘汽船是冲着潜艇来的，威士顿船长通过一系列观察更加确认了这点，他把这一情况汇报给了史威夫特先生。

"好吧，我们的计划稍微有变，"史威夫特先生说，"我们接下来要潜入水中，而不是在水面继续航行。但是首先得让他们接近，这样他们就能看到我们在做什么。汤姆，你下去告诉夏普先生，让他做好快速下潜的准备。现在我们减速慢行，让他们一点点接近我们。"

潜艇的速度降下来了，不一会儿，那只陌生的汽船离"先进号"就仅有 5 米左右的距离。

史威夫特先生让潜艇停止前进并打开指挥塔上的一个公牛眼似的玻璃窗，向汽船上站着的一个人喊话："你们跟着我们干什么？"

"跟着你们？"船上的人重复道。这时，那只陌生的船也已经停下了。"我们没有跟着你们。我想这片海是大家的，"那个人迅速反驳道，"我们想往哪里走就往哪里走。"

"是吗？那就来吧！"史威夫特先生大喊着，迅速关上了厚厚的玻璃窗，拉动了一个操纵杆。片刻之后，潜艇开始下潜，在指挥塔快要淹没在水下时，他瞥见了船上那个人惊讶的表情。

潜艇下潜得越来越深，直到接近水下 60 米。然后史威夫特先生离开指挥塔，走进潜艇的主体部分，留下汤姆和威士顿船长掌管驾驶室。

"极速前进！"史威夫特先生说，"汤姆，我猜那些家伙还在上面揉眼睛，想要知道我们到哪去了。"之后很长一段时间里他们再也没有见到那艘汽船。

"先进号"在水下快速地前行，强大的电极板推拉着它走向寻找黄金之路。

整个上午，潜艇以中速航行，他们都不赞成让新机器转动得太快。在距水面 250 米的地方，他们吃了午餐。汤姆和戴蒙先生准备的食物也很令人满意，甚至和在陆地上吃的食物一样优质。饭后他们拉开潜艇一侧窗户上的百叶窗，看到无数的鱼儿游来游去，它们可能是被探照灯的光线吸引来的。

由于潜艇的速度比较快，到晚上时，他们已经前行了几百千米。汤姆和威士顿船长被安排值第一轮夜班，其他人先去睡觉。

"可怜的灵魂！这太让人不可思议了——像鱼一样在水下睡觉。"戴蒙先生说，"如果我妻子知道了这件事情，她会担心死我的。不过，我喜欢这种感觉。"

那天夜晚一切正常，潜艇在夜间前行了很远的距离。第二天早晨，他们上浮到水面，同时呼吸些新鲜空气。不过，他们不是真正需要到水面呼吸空气，因为储备箱里的空气储量很大，足够他们使用数天，供氧设备现在也处于正常工作状态。

白天，他们让潜艇沉入海底并停在海床上，因为史威夫特先生想试试他研制的新型潜水服。汤姆、夏普先生和威士顿船长率先穿上了潜水服，其他人决定等首次试穿结果出来后，他们再穿。当然，潜艇里也必须留人操纵机器，并打开潜水舱的门。

他们依照原计划，首先进入到潜艇内的一间密封舱里，让海水慢慢地注入舱内，直到舱内压力与外界相等，然后通过操纵杆将外边的一扇门打开，他们就能顺利走出去了。

当他们真实地走在海床上时，汤姆和其他人都有一种难以言表的感觉。周围全是海水，他们打开头盔上的电筒，电筒由安装在潜水服里的干电池提供电力。他们看到大大小小的鱼儿围着他们游动，似乎对这些入侵它们领地的奇怪生物感到新奇。

在海底的沙子上，爬行着巨大的蜘蛛蟹①，大鳗鲡②在贝壳和碎石中进进出出。他们还看到一些在浅水区域很难见到的奇特生物。三位潜水员没有丝毫的呼吸困难，因为背在他们肩上的氧气罐通过一根管子源源不断地往头盔里输送氧气。海水的压力也没有过多地影响到他们。在逐步适应水下的环境后，汤姆开始喜欢上这种新奇的体验。起初，他还因为与同伴能见不能言而感到不适应，但他马上发现可以通过肢体动作来传递信息。

他们行走了很长时间，中途汤姆发现了一块掩埋在沙子里的沉船残骸。他们不知道那是什么船，也不知道它在那里掩埋了多久，静静地看了一会儿后，便继续向前行走。

"太棒了！"这是汤姆和同伴们回到潜艇并脱下潜水服后说出的第一句话，"只要我们能像这样行走在'波德罗号'沉船附近，就一定能从它的里面取出所有的黄金。这种潜水服不需要长长的输气管或救生管与外部设备连接，所以行动特别方便。"

"潜水服制作得非常成功。"夏普先生承认道。

"可怜的发髻！"戴蒙先生喊道，"下次我也要试试。我一直想成为一名潜水员，现在终于有机会了。"

---

① 蜘蛛蟹是一种海蟹，因其八条腿比较长，外观形似蜘蛛，而且触角也比普通螃蟹多，所以被称为蜘蛛蟹。——译者注

② 鳗鲡，简称"鳗"，亦称"白鳝"。分布于中国及朝鲜半岛和日本，肉质细嫩，富含脂肪，为上等食用鱼类之一。——译者注

潜水舱门关上之后，他们又继续航行。第三天，威士顿船长在看完航海图后确定，他们已经接近巴哈马群岛①了。

"我们得特别小心，并且时刻留意，不要撞上任何'小钥匙'。"威士顿船长说。"小钥匙"是船长给那些不起眼的小岛起的名字，它们小到没有资格被称为"岛"。

幸运之神还是比较眷顾他们的，仅有一次汤姆掌舵时，差点让潜艇撞上珊瑚礁。还好探照灯及时提醒他，躲过了这一劫。

他们选择了朝东南方向前行的航线，以便能够绕过南美洲。他们靠近赤道时，发现海里的鱼类品种越来越多，有漂亮的，有丑陋的，有可爱的，也有吓人的。

---

① 巴哈马群岛是西印度群岛的三片群岛之一，位于佛罗里达海峡口外的北大西洋上。群岛由 700 多个海岛和 2400 多个岛礁组成。——译者注

第十五章

途经热带岛

航行到了第四天晚上，正在驾驶潜艇的威士顿船长突然大声喊道："哈哈，陆地！我们可以靠过去吗？如果你不介意我这样问。"

"会是什么样的陆地呢？"史威夫特先生好奇地问道。

"噢，一些比较小的热带岛屿，"船长回答，"航海图上都没有标出来，或许是它太小不值得标注吧。这是一座珊瑚岛，我们也许能在那里找到淡水泉，或许还能找到一些水果。"

"那我们就登陆吧，"史威夫特先生决定，"虽然我们的海水淡化设备可以正常工作，但是我们还是去弄些新鲜的淡水吧。"

黄昏时分，他们抵达了那座小岛。"准备上岸！"潜艇停好后，汤姆喊道，"这里看起来是个好地方，希望会有椰子和橙子。"

潜艇甲板上的凹陷处放置着一艘小型电动船，能坐六个人。那艘小船可以从凹陷处滑入或是降落到水中，根本不用吊臂。在夏普先生的协助下，汤姆很快就让小船浮在了水面，电池早已充满电。借助太阳的最后一缕余晖，他们登上了小船并很快来到岸边。

在岛上，他们发现了一处触手可及的优质泉水，汤姆愿望中的椰子也看到了，但是岛上没有橙子。汤姆摘了很多美味的椰子，砸开后把椰汁倒入他带来的折叠杯里，美滋滋地喝着。其他人也如法炮制，并称赞这是这么长时间以来他们喝过的最好喝的饮料。

这座小岛是典型的热带岛，面积很小，而且没有人类到访过的痕迹。在岛上，他们没有看到大型动物，但是发现了很多种不同的鸟类，它们在树林间飞来飞去，拉扯着藤本植物的某一部分嬉戏玩耍着。

"我们明天在这里花上一天时间，把整个岛勘探一下吧。"汤姆提议道，他父亲点头同意。随着黑夜降临，他们返回潜艇主舱。吃完晚饭后，聚在一起谈论着旅途中发生的事情。

过了一会儿，汤姆向威士顿船长问道："你认为我们在把金条从沉船里取出来的过程中会遇到什么困难吗？"

"哦，这个很难说。我不知道沉船残骸是怎么停放的，不知道是在沙地上还是在碎石上。如果是后者,那就不会太难;但是如果有沙子进入船体,而且掩埋了它的一部分,那我们就会遇到麻烦,如果你不介意我这样说。不过,别自寻烦恼,我们还没有到那里呢。当然了,以这样的速度,我们不久就会到达。"

那天晚上没有人值班,因为大家一致认为没有必要。汤姆是第一个起床的,他在早餐前来到甲板上,呼吸着新鲜空气。

他眺望着美丽的小岛,扫视了一眼潜艇停泊的小泻湖时,吃惊地喊了起来。因为在不到 90 米的远处,比"先进号"还要接近那座小岛的地方,漂浮着另外一艘潜艇,它的形状和大小都和"先进号"很相似。汤姆揉了揉眼睛,以确保他没有眼花,是的,在那座热带岛屿旁确实停着另一艘潜艇。

这时,他还看到,有一个人站在那艘潜艇的指挥塔里,那个人看起来非常眼熟。汤姆很快就看清了他是谁——安蒂森·伯格。伯格也看见了汤姆,他取下帽子,虚情假意地向汤姆他们鞠了一躬,然后喊道:"早上好!你们找到黄金了吗?"

汤姆不知道该怎么回答。一艘陌生的潜艇停在那座他以为没有人打扰的小岛旁,就已经让他内心很不安了,伯格先生的问候更是让他内心焦虑难耐。汤姆心想,他之前一直担心竞争对手会跟踪他们,看来果不其然。

"看到我们很惊奇,是吗?"伯格微笑着说。

"非常惊奇。"汤姆承认道。

伯格继续说，"我并不指望能够这么快遇见你们，但是既然遇见了，我也很高兴。我可不想单凭那么一个模糊的位置就去寻找沉没的宝藏。"

"你……你……要去……"汤姆结结巴巴地说，但是随后他决定最好还是什么都不要说。史威夫特先生听见了汤姆的说话声，来到了指挥塔的楼梯下。

"你在和谁说话，汤姆？"他问道。

"伯格和他的雇主。他们一直在跟踪我们，爸爸。"

第十六章

胜者为王

史威夫特先生匆匆登上甲板，威士顿船长也跟在他后面。现在，伯格身边也出现了另外两个人，伯格对史威夫特先生喊道："嗨，老朋友！我们也放弃参加政府的比赛了，看来我们还是有机会比拼潜艇的性能。"

"我没有任何兴趣和你比谁的潜艇更好。"史威夫特先生严肃地说。

"噢，无论你有没有兴趣，恐怕你都不得不和我们竞赛。"伯格傲慢地回答。

"你这话是什么意思？想强迫我们和你竞争吗？"

"换句话说，我的雇主要求我必须得这样做。当你们离开新泽西海岸时，我就派人探知到你们的踪迹了，好不容易才估计出你们前进的方向。现在我们可不想和你们走散了。"

"你的意思是要跟着我们？"威士顿船长轻柔地问道。

"是的，我们和你们一样要去寻找宝藏，"伯格大胆且自信地回答，"你们没有权利独占它，沉船等待的是那个最先到达的人。无论谁是那个先到者，他都有权利从沉船残骸里拿走金条。我们将会成为第一个达到的人，但我们也会公平地对待你们。"

"公平？这是什么意思？"汤姆询问道。

"听说过'胜者为王，败者为寇'吗？第一个到达的人就有权利搜寻并拥有沉船残骸里的金条。这样公平吧？"

"我不会和你达成任何协议，"威士顿船长突然一改平时温柔的态度，强硬地说，"作为这艘潜艇上的决策者之一，我郑重警告你们，如果你们继续干扰我们的话，那会对你们很不利。我不喜欢打架，但是只要我一动手，就再也不会停下，"他冷笑着说，"你们最好还是别跟着我们。"

"只要我们乐意，你管不着，"伯格潜艇上的第三个人喊道，汤姆看到了那艘潜艇的名字——"奇迹号"，"如果可以，我们打算独自占有那些黄金。"

"好吧，我已经警告过你们了。"威士顿船长说。随后，他走了下去，示意汤姆和史威夫特先生也跟着他。

"接下来我们该怎么办？"史威夫特先生问道。这时，他们来到了起居室，并且把"奇迹号"的出现这一情况告诉了其他人。

"我认为现在唯一能做的就是不知不觉地溜走，尽可能潜到更深的地方航行，快马加鞭地赶到沉船位置。"威士顿船长建议，"很明显他们没有标出沉船位置的航海图，所以才跟着我们。我真希望我做的那份假航海图能把他们带到别的地方去，但是他们似乎比我想象中的要聪明得多。"

"他们有权力跟着我们吗？"汤姆问道。

"这虽然很不道德，但是是合法的。恐怕我们不能阻止他们，我们唯一能做的事情就是摆脱他们。这会是一场争夺沉没宝藏的竞争，我们必须第一个到达那里。"

"你打算怎么办，船长？"戴蒙先生问道，"可怜的衬衣扣子！我们能不能把他们的潜艇拉上小岛，让它留在那里？"

"这种高难度动作恐怕很难完成。"史威夫特先生回答，"你有没有什么好的方案，船长？"

"我看，我们还是按照原计划执行，先上岸采集淡水，然后再讨论对策。如果我们有一部分人去小岛，那么另一部分人就得留在甲板上看守潜艇。我们把淡水箱装满后，等到暮色降临，就悄悄潜入水下，然后迅速离开。"

他们都认为船长的这个主意非常棒，过了一会儿大家就开始行动了。

那天的剩余时间里，他们再也没有看到"奇迹号"上的任何人。对手的潜艇一动不动地停在小泻湖的水面上，离"先进号"并不是很远。尽管它的甲板上没有出现任何人，但汤姆和他的朋友们还是确信，他们的对手一直在暗中观察着他们。

傍晚时分，黄昏开始笼罩这片热带海域，小岛上的树影渐渐拉长，"先进号"上的乘客已经关闭了指挥塔。他们没有打开一盏灯，因为不想让自己的行动暴露。汤姆和他父亲及夏普先生早已待在各种烦琐的机械装置和仪器旁，一旦找到机会，他们就会趁对手不注意打开水箱组，让潜艇潜入水下。

"幸好今晚没有月亮，"威士顿船长站在汤姆的身边说，"只要我们潜到水下，他们就很难再找到我们。我很好奇他们是怎么追踪到我们的，一定是出发时遇到的那艘汽船给他们提供了线索。"

热带地区，天黑的速度非常快。他们从指挥塔里仔细观察了一下，发现那艘潜艇的轮廓已经难以辨认，于是"先进号"里的探险者断定，对手也看不清他们。

"汤姆，开始下潜。"史威夫特先生喊道，海水很快就哗哗地注入水箱组，在升降舵的配合使用下，潜艇迅速没入水中。

但是他们的希望很快就破灭了。当"先进号"完全潜入水中，启动引擎准备离开这个小泻湖时，磷光现象①使那里的海

---

① "磷光现象"的原理是由于人或动物的尸体在腐烂过程中，磷以联磷或磷化氢气体的形式钻出土壤，空气中缓慢氧化，当其表面聚集热量达40摄氏度时，引起自燃，部分反应能量则以光能的形式放出。——译者注

水变成了光源。这种现象在南部的海域经常出现，据说是由于数百万个微生物在热浪中游动造成的，外在磷光现象里的任何物体都会被照亮，从而很容易被人发现。"先进号"目前就处于这样的光亮当中，它向前航行的动作导致水流的快速流动，让这些处于休眠状态的磷光体进入了活跃状态，潜艇犹如沉浸在一片"火海"当中。

"加快速度！"汤姆喊道，"或许我们能在被发现之前，驶出这片水域。"

但是一切都已经太迟了。他们听见了"奇迹号"发出的汽笛声，这声音似乎在告诉他们：你们逃离的企图已经被我们发现了！过了一会儿，海水似乎成了一块传音板，它把"奇迹号"引擎运转的声音传到了汤姆和他朋友的耳朵里。对手的潜艇已经跟过来了，为了那些价值 30 万美元的金条，一场激烈的竞赛已经在水下拉开帷幕。幸运之神似乎不再眷顾"先进号"上的探险者们了。

第十七章

竞 赛

　　汤姆驾驶着潜艇快速前进，威士顿船长在一旁盯着罗盘，告诉他如何避开那些凸起的珊瑚礁，史威夫特先生和夏普先生则在引擎室拼命加速航行。巨大的发电机组像一头老虎低声怒吼，把强大的电流源源不断地输入艇艏和艇艉的电极板上，推拉着"先进号"快速前进。尽管它不停地向前移动，但不管它走到哪里，海水波动引起的磷光现象让"先进号"犹如处在聚光灯下，十分醒目。

　　"你能让它再快点吗？"威士顿船长向汤姆问道。

　　"可以，我们还能启用辅助螺旋桨。"

　　他示意引擎室里的人启动艇艏和艇艉的备用螺旋桨，马达开始驱动这个双推进器运转。瞬间，"先进号"的速度有了明显的提升。

"我们把他们甩开了吗？"汤姆焦急地问道，他瞥了一眼深度表，发现潜艇现在处于水下约 150 米的深度。

"很难说，"威士顿船长回答，"你得去观察一下才能确认。"

汤姆冲上通往指挥塔的螺旋式阶梯，透过小驾驶室的窗户向外看。他看到潜艇犹如行驶在一片淡黄色的流动火焰中，这些光是那么明亮，借助磷光的照明，汤姆甚至可以阅读报纸。但是，他有更重要的事情要做，他要看看"奇迹号"是否还跟随着他们。

起初，除了由"先进号"航行时产生的翻滚打旋的海水，他什么都没看到。当他突然抬头向上看时，发现潜艇尾部约 3 米高的地方，有一个体型巨大的黑色物体。

"鲨鱼！"他惊呼道，"一条巨大的鲨鱼！"

但是他越是仔细看，就越觉得不像是鲨鱼。黑色物体的位置出现了变化，它好像在往下沉，并且在向指挥塔冲过来。随后，他的内心中突然产生了一种恐惧，汤姆认出了那是什么东西，是一艘潜艇的底部，他可以看到铆接在一起的钢板。等他看清圆柱形的轮廓后，他才意识到那就是"奇迹号"。它在"先进号"上方很近的位置航行。然而，还有比这更可怕的，它似乎在缓缓地下降。很快，它那巨大的螺旋桨几乎要撞上并削掉"先进号"的指挥塔了。而到时候海水就会涌入，探险者就会像掉在油缸里的耗子一样，慢慢被淹死。

汤姆迅速拉动操纵杆，让更多海水注入水压舱。"先进号"的反应很灵敏，它快速地朝海底下潜。同时汤姆向威士顿船长示意，让他通知引擎室里的人再加快点速度。"先进号"的速度明显领先了，汤姆通过指挥塔的玻璃窗向外望去，欣慰地发现"奇迹号"已经被甩在了后面。

汤姆匆匆跑进潜艇内部，他发现父亲和夏普先生对自己刚才突如其来的举动有些惊慌。他把自己所看到的一幕告诉了他们，并且解释了他打开水压舱的原因。

"这么说，他们还跟着我们，"史威夫特先生低声说，"我就是想不明白为什么甩不掉他们。"

"都是那些会发光的海水惹的祸，"威士顿船长解释道，"只要我们能摆脱这些发光的海水，我想我们就可以很容易甩掉他们了。不过，前提是我们能把距离拉大。当然了，要是他们总是紧跟在我们后面，他们就能用探照灯找到我们。"

"是呀，"史威夫特先生承认道，"他们确实有一个和我们一样明亮的探照灯。说实话，他们的潜艇在速度与马力上都略逊于我们的潜艇。我之所以知道这个事实，是因为"奇迹号"在被建造之前，本特利和伊格特公司的人就让我看过它的设计方案，他们还询问了我的看法，那时我还没有建造潜艇的想法。哎，恐怕我们很难摆脱他们。"

"我真不明白这种磷光现象为什么会持续这么久，"威士顿船长说，"在我的航海生涯中，也经常会路过这样的海域，但是从来没有见过如此大面积的磷光现象。我猜，一定是这里的生态环境发生了变化。"

竞赛已经持续了一个多小时，两艘潜艇在发光的海域中高速穿行。"奇迹号"始终保持在"先进号"尾部稍高一点的地方监视并紧跟着"先进号"。尽管"先进号"的速度已经达到了极限，但它还是无法摆脱对手。很明显，"奇迹号"的速度不容小觑。

"真是太糟糕了！我们不仅要和他们竞赛，还要警惕水下存在的各种危险。"戴蒙先生说。他焦躁不安地在潜艇上来回踱步。"可怜的衣扣！难道我们不能想办法轰炸他们的潜艇吗？这些人没有权利和我们争夺宝藏！"

"不过，我想他们和我们一样拥有这个权利。"汤姆说，"谁先到达，谁就能先拿走宝藏。但我鄙视他们为了得到宝藏不择手段的行为。如果他们靠自己的能力去寻找宝藏，我绝对不会说什么，但他们竟然想利用我们找到沉船残骸夺取宝藏。这不公平！"

"确实不公平，"威士顿船长认同道，"如果你不介意我这样表达。我们应该想办法阻止他们，但是，如果我没有看错的话，"他从左舷的一个玻璃窗向外看去，迅速补充道，"磷光现象在逐渐减弱，我想我们快要驶出这片海域了。"

　　威士顿船长果然没有说错，磷光现象正在逐渐消失。十分钟过后，"先进号"驶入了一片漆黑的海域。随后，为了避免撞到不明物体，他们打开探照灯了。

　　"他们还跟着我们吗？"从引擎室出来的史威夫特先生向汤姆问道。他刚才去引擎室对机器做一些调整，帮助"先进号"提升速度。

　　"我去看看。"汤姆主动提议道。过了一会儿，他再次爬上指挥塔，朝着后面打旋的黑色海水中望去，希望再也别看到"奇迹号"的踪影。但是他的希望瞬间就破灭了，因为透过窗户他看到了另一只探照灯发出的光亮，闪烁的光束在波动的海水中起伏。

　　"还跟着我们，"汤姆小声说，"既然他们不打算放弃，我们就要逼他们放弃！"

　　威士顿船长仔细地研究了那片海域的航海图，发现在他们附近有一片非常深的水域，于是他提出了一套方案。"我们可以上下浮动，突然驶向一侧，然后驶向另一侧，我们也可以下潜到海底休息一会儿。"他解释道，"或许通过这种无目的性的航行方法，我们就能甩开他们了。"

　　紧接着他们这样做了。"先进号"先是上浮，直到指挥塔露出水面，随后又突然下潜到很深的海域。它一会儿疾驶向左，一会儿疾驶向右，有时甚至折返回去，毫无目的地在水中乱窜。令人惊叹的是"奇迹号"的速度也非常快，驾驶它的人似乎是高手中的高手，以至于能够准确复制出"先进号"的每一个动作。最终，这个难缠的竞争对手还是没有被甩掉。

就这样整整持续了一个夜晚，他们是从钟表上得知清晨已经来临，然而两拨探险者的较量还在水下无休止的黑暗中继续。

"他们还是不肯放弃。"史威夫特先生绝望地说。

"是呀，正像伯格说的那样，我们不得不和他们竞赛，"汤姆承认道，"但是，如果和他们进行直线赛跑，我们还有获胜的机会。把速度加到最大，爸爸。"

"已经是最大速度了，汤姆。"

"不，准确地说还没有。因为我们下潜得有点深，所以无法让我们的潜艇达到最大速度。如果我们上浮到水面，就可以让他们见识一下什么才是真正的速度。"

随后，"先进号"在距水面 3 米的深度急速行驶，它的螺旋桨已经达到极速，最后一伏的电流都流向了艇艏和艇艉的电极板。但两小时后，"奇迹号"仍然不依不饶地紧跟在"先进号"的后面。

"竟然还是没用，"汤姆无奈地叹息说，"看来我们唯一的希望就是他们的潜艇出现故障。"

"空气耗尽，或者其他任何原因都行，"威士顿船长补充道，"他们跟得很紧，我还真不知道他们竟能保持这么快的速度。如果他们稍不留神，"这时，他朝艇艉的一个观察窗看了一眼，"就会撞上我们，而且……"

他的话突然被"先进号"发出的嘎吱声打断了。它震动了一下，随后摆向一侧，紧接着又是一次撞击。

"减速！"威士顿船长喊着冲向驾驶舱。

"怎么了？"汤姆问道，同时松开了引擎和电动机的连接杆，"我们撞上什么东西了吗？"

"没有，是有东西撞上我们了，"船长大喊道，"他们在用潜艇撞击我们。"

"太过分了"史威夫特先生大喊道，"汤姆，启动电子大炮！他们这是想让我们沉入水底！是时候还击了！启动艇艉的电子炮，我要让他们为自己的行为付出惨痛的代价！"

第十八章

电 子 炮

　　"先进号"里充斥着紧张的气氛，现在它静止在海水中，而另一艘潜艇则疾驰而来，尽管"先进号"拥有坚固的船体，但它也有可能被"奇迹号"撞出个窟窿。

　　没等多长时间，"先进号"又遭到一次撞击，史威夫特父子的潜艇猛地偏向一侧。幸好，这次撞击比较轻微，没有造成太大的损坏。

　　"他们真打算撞沉我们，"威士顿船长说，"走吧，汤姆，我们去艇艉观察一下，看看他们下一步要干什么。"

　　"让尾部的电子炮做好开火准备！"史威夫特先生再次强调道。

汤姆和船长迅速走到艇艉。透过厚厚的玻璃窗，他们看到"奇迹号"的前端距离"先进号"并不是很远，竞争对手的潜艇也停下来了。它那黑色的身影突然变得十分安静，就像一条巨鱼等待时机准备一口吞下它的猎物。

"艇艉没有明显的损坏，"汤姆说，"也没有裂缝。"

"或许他们只是由于操作不当而撞到我们。"威士顿船长推断道。

"唉，如果不跟我们这么紧，也就不会这样了。"汤姆说，"他们真是不择手段，我们得阻止他们。"

"你父亲谈到的电子炮是什么东西？"

"噢，就是一枚普通的电子大炮。它能发射出一个重约11千克的固体炮弹，但发射炮弹的媒介不是炸药，也不是发射鱼雷时使用的压缩空气。我们采用的是电流发射，这样有助于增加炮弹的威力。"

"不知道他们接下来要干什么？"威士顿船长盯着玻璃窗外面说。

"很快就会知道的。"汤姆回答，"我们继续前进，如果他们仍然跟踪，我们就向他们开火。"

"你打算击沉他们吗？"

"当然不会，只要让他们的潜艇不能继续前行就行了，我们可经不起他们的继续撞击。威士顿船长，帮我搬一下大炮，好吗？"

电子大炮安装在潜艇后部的一根长钢管上，微微突出于潜艇的艇身，通过调整安装在旋转球窝①上的接头，它能够向任何角度进行射击。

几分钟后，他们就做好了发射准备。炮口已经瞄准"奇迹号"，汤姆调节好角度，然后装入了实弹。

"现在让他们准备好'用餐'吧！"他喊道，"我想，最好的做法就是我们开始前进，如果他们再跟着，我就有正当理由开火。"

"说得对。"威士顿船长说。

汤姆跑到前舱把这个方案告诉了他的父亲。

"就这样办！"史威夫特先生喊道，"继续前进！"

汤姆快速回到尾部的电子大炮跟前。机器开始飞转并嗡嗡作响，"先进号"继续向前航行。它慢慢地提速，两位观察者站在艇艉，透过玻璃窗观察着竞争对手的行动。

刚开始，"奇迹号"没有什么动静。随后，它上面的乘客好像意识到，给他们带路的潜艇就要溜走了，于是，"奇迹号"开始快速向"先进号"冲过来。

"他们来啦！"威士顿船长喊道，"他们还想再撞击我们一次！"

"那就让他们尝尝电子大炮的威力！"汤姆咬牙切齿地说。

---

① 旋转球窝是电子炮常用的机械结构，可保证结构部位在受力的情况下仍能自由转动。——译者注

"奇迹号"越来越近，它的速度迅速提升，瞬间撞上了"先进号"。紧接着，"先进号"猛地转向另一侧。

汤姆从玻璃窗中看到电子大炮的炮口已经对准了"奇迹号"。"发射！"他果断喊道。他推动操作杆，合上了电路。电子炮是无声的，所以几乎听不到声音，仅在炮弹离开炮口时产生了轻微的震动。

"打中了！打中了！"威士顿船长喊道，"真是漂亮的一击！"

"我推动操纵杆时，'奇迹号'就像闪电一样冲了过来。"汤姆解释道。

"你击中了它尾部的转向装置，"威士顿船长说，"我想你已经把'奇迹号'踢出局了。你看，他们在向水面浮去。"

汤姆迅速又装上一枚炮弹，并给大炮重新充电。随后，他朝海水中望去，看见"奇迹号"正在向上升，很明显是出了问题。

"也许他们想从我们的顶部撞下来，把我们压沉，"汤姆推断道，他已经为再次开火做好了准备，"如果他们……"

他的话突然被潜艇出现的轻微摇晃打断了。

"这是怎么了？"威士顿船长喊道。

"肯定是爸爸向'奇迹号'发射了艇艏的电子大炮，但没有击中他们。"汤姆回答。

"现在，我想知道他们的潜艇还能不能用？我们上浮到水面看看吧。"

很明显，从那刻起"奇迹号"就失去了进攻的能力。实际上，它没有装载任何还击对手的武器。汤姆跑到前舱，把刚才发生的事告诉了他的父亲。

"如果它的转向装置发生故障，我们就能趁机甩开他们了。"史威夫特先生说，"我们浮上去看看是什么情况。"

几分钟过后，汤姆和他的父亲及威士顿船长走出了指挥塔，来到了已经露出水面的甲板上。离他们不远的海面上停放着"奇迹号"，伯格和很多人站在甲板上，很明显那些人都是船上的工作人员。

"你们为什么向我们开火？"伯格生气地吼道。

"你们为什么跟着我们？"汤姆反驳道。

"哼，你们毁坏了我们的转向装置，把潜艇弄瘫痪了，"伯格并没有回答汤姆的问题，而是接着说，"你们要对此负责！我要把你们抓起来！"

"你们这是罪有应得，"史威夫特先生补充道，"是你们一直跟踪我们，而且在我们开火之前，还试图撞沉我的潜艇。"

"那是意外，不小心撞到你的，"伯格说，"我们当时无法控制潜艇。不过现在，我要求你们必须把我们的潜艇修理好。"

"你真不要脸！"威士顿船长吼道，眼中怒火四射，"我真想和你私下交流十分钟，或许到时候我可以请个医生来帮你修理。"

伯格怒容满面地转过身，没有回复船长。他开始安排船员去尽量修理已毁坏的转向装置。

"走吧，"汤姆尽量压低嗓门，因为声音在水面很容易传播，"我们趁机潜入水中，赶紧离开吧。"

"好主意。"他的父亲应声道，"走吧，威士顿船长，关上指挥塔，我们都下去。"

5分钟过后，"先进号"沉入了水下，汤姆最后一眼看到伯格和他的船员时，他们正站在潜艇的甲板上，眼睁睁地看着汤姆他们离开。"奇迹号"终于被甩在了后面，汤姆和他的朋友们再次高速驶向宝藏沉没的地方。

第十九章

被　俘

"增加下潜深度，"威士顿船长建议道，他和汤姆及史威夫特先生在驾驶舱里，"尽最大的努力操作它，全速向前，我们要确保不会再被那些人追上。"

"唯一的问题是，"汤姆回答，"我们潜得越深，前行的速度就会越慢。海水的密度给我们造成了巨大的阻力。"

"其实，现在不需要开那么快，已经没有人跟踪我们了，迟到两三天对于寻找沉船残骸根本没有影响。除非他们能够修好转向装置。"史威夫特先生说。

"他们很难办到，"威士顿船长说，"之前他们能遇到我们，靠的是运气而不是能力。现在，他们会因为修理转向装置而耽误时间，而我们可以隐藏到理想的深度全速前进，他们绝对不可能追上我们。嗯，我想我们没必要再担心他们了。"

然而，尽管伯格及其同伙的威胁已经解除，但另一场灾难在酝酿着，探险者们很快就会遭遇新的劫难。

在甩掉"奇迹号"的第四天，"先进号"在水下约2400米处全速航行。汤姆和威士顿船长在驾驶舱，戴蒙先生正以他最喜欢的消遣方式——透过玻璃窗观看海洋，可怜着一切；史威夫特先生和夏普先生与往常一样，待在引擎室里。

"你有没有计算出我们离沉船还有多远？"汤姆向威士顿船长问道。

"哦，按照昨天的计算来看，沉船现在距我们还有1600米左右。如果不出意外的话，再有四天就能到达那里。"

"你说它会有多深？"汤姆接着问道。

"我觉得在接近3000米深的海底，或者更深。这样的深度使得普通潜水员根本无法到达，但是有了这艘潜艇，再加上你父亲发明的那套新型潜水服，我们一定能找到它。我估计，一旦找到沉船残骸，在取出黄金方面我们就不会再有大的困难，当然……"

船长的话还没说完，引擎室就传来了惊叫声：

"汤姆！汤姆！你父亲受伤了！快来这里！"

"舵交给你！"汤姆向船长大声喊完就立刻跑到引擎室，他看到父亲身体弯曲地趴在一台发电机上面，一只手还放在铜质开关上，他意到情况很不妙，而夏普先生木讷地站在一边。

"怎么了？"汤姆叫道。

"他被电流击到了，"夏普先生回答，"电线短路了。"

"你为什么不切断电源？"汤姆问道，接着他准备把父亲从正在运行的机器上拉开。然而他犹豫了，他怕自己也会被那强大的电流吸住。

"我也被电击了。"夏普先生回答，"当我试着去切断这个开关上的电流时，发现某个地方发生了短路，最后只好放弃。快，去前舱的总开关板切断所有电流！"

汤姆意识到这是唯一能做的事，他一个箭步冲到前舱，猛地拉下所有电闸。夏普先生长长地吸了一口气，他再次去拉下铜质开关。夏普先生的肌肉由于电击而痉挛，不过幸好是低压电，没有把他烧伤。汤姆再次跑过去看他父亲时，史威夫特先生已经从发动机上摔了下来。

汤姆看到父亲脸色苍白，双眼紧闭后情绪有些失控。

"史威夫特先生一定是休克了，"夏普先生说，"我们得立刻让他呼吸新鲜空气。打开水泵组，我们上浮到海面上去。"

汤姆没有延误片刻，他再次推动电闸，让强大的水泵组运转，潜艇迅速上浮。随后，在威士顿船长和戴蒙先生的帮助下，汤姆把父亲抬到主舱的一个沙发上。夏普先生负责驾驶潜艇。抢救工作随即展开，史威夫特先生的眼睛好像动了一下。

"我想他会恢复过来的，"看到汤姆焦急的样子，威士顿船长关心地说，"他需要新鲜空气，一分钟后我们就能到水面。"

"先进号"快速向上冲去，夏普先生早已准备好，一出水面就打开指挥塔。史威夫特先生似乎有了动静。潜艇从深水中迅速浮出水面，夏普先生咣当一声打开指挥塔的封闭门，一股新鲜空气迎面而来。

不一会儿，史威夫特先生终于醒了过来。

"爸爸，你能走动吗？要不我们扶你吧？"汤姆关切地问道。

"噢，我……我现在好多了，"史威夫特回答，"扶我到甲板上去，很快就会好起来的。刚才我去调整一根松掉的电线时不小心滑了一跤，倒下时正好碰到带电部分，很幸运我没有被烧焦。夏普先生受伤了吗？失去知觉前，我看到他跑过去关电源开关。"

"我没事儿，"夏普先生回答，"让我们扶你去外边呼吸新鲜空气吧，你会感觉舒服一些的。"

史威夫特先生慢慢地从楼梯走向指挥塔，随后走向甲板，其他人跟在后面。当他们全部从潜艇里走出来时，突然被眼前的景象震惊了。

就在不到 90 米远的地方，有一艘飘着旗子的大型军舰，汤姆立即就认出那是巴西海军。那艘军舰停在一座小岛旁边，四周到处都是坐着人的小船，那些人好像从陆地往军舰上运输物资。看到一艘潜艇突然从水下冒出，小船里的人发出了惊奇的叫喊声，这也引起了军舰上的人的注意，甲板的栏杆边出现了一排好奇的军官和水手。

"幸好我们在上浮时没有撞上那艘军舰，"汤姆说，"不然他们会认为我们要用鱼雷攻击他们。你感觉好点了吗，爸爸？"

"嗯，好多了，我现在感觉没事了。但是我更希望我们没有暴露在这些人面前，他们一定会问我们要去哪里，巴西离乌拉圭很近，告诉他们我们的目的肯定不利于寻找黄金。不过，如果他们阅读过有关沉船的报道，很有可能推断出我们的目的。"

"史威夫特先生，我想你多虑啦，"威士顿船长回复道，"我们就告诉他们，我们是以快乐为目的的旅行。这也是事实，如果真能找到黄金，我们当然会很快乐。"

"那只小船上有几名军官，从他们衣服上的金边就可以看出来。他们正驶离军舰。"夏普先生说。

"果然是！看来他们要对我们来一场正式的访问，"戴蒙先生说，"可怜的绑腿！但是我还没有穿盛装，我想我应该穿上我的西服。"

"来不及了，"汤姆说，"他们不一会就过来了。"

小船载着几名军官，在巴西士兵强壮胳膊的划动下，很快就接近了漂浮的潜艇。

"哈罗①！"站在船头的一位军官喊道，浓重的口音显现出他对英语不太熟悉，"你们这是什么船？"

"潜艇，'先进号'，来自新泽西。"汤姆回答，"你们是什么船？"

"巴西军舰，'圣保罗号'。"一个人回答。"你们是干什么的？"军官接着问道。

"出来玩的，"威士顿船长迅速地回答，"我们是一艘美国潜艇，在美国的旗帜下航行，这是巴西的领土吗？"

"是的，这些岛正是巴西的领土。"军官回答。这时，小船已经停在了潜艇的一侧。探险者们还没来得及反对，圣保罗号的几名军官和船员就已经登上了潜艇的甲板。

混乱之中，那位问话的军官快速拔出别在腰中的剑，举在空中，做出一个戏剧性的动作，随后喊道："你们被捕了！反抗的话，我的人就会把你们处死！"

"抓住他们，伙计们！"那位军官大喊道。

海军们跳到他们面前，每个人盯住一个目标并抓住他们的胳膊。

"这是什么意思？"威士顿船长愤怒地吼道，"如果是开玩笑，你们也玩得太过火了。如果你们是来真的，我警告你们，这是在干涉美国人！"

"我知道我们在干什么。"军官回答。

那个抓着威士顿船长的海军调整了胳膊，以便抓得更紧。

---

① "哈罗"是 Hallo 的音译，巴西曾经是葡萄牙的殖民地，独立后葡萄牙语成为国语，这个国家的士兵说不好英语也就在情理之中。——译者注

船长突然转身，抓住了那个人的腰带，用尽所有的力气，把那个人举过头顶，随后直接扔进了海里，溅起很大的水花。

"谁要是敢把手放在我身上，我就会这样对待他！"船长吼道，他一改往日温和的脾气。他的这一举动让这些海军大吃一惊，迅速跳回小船。那个拿剑的军官虽然还在甲板上，但是明显有些害怕。

"抓住他们，伙计们！"衣服上镶有金边的军官又一次吼道，这次他的随从们，包括船员，都紧紧地包围了汤姆和他的朋友们，以至于他们只能束手就擒。就连威士顿船长也无力抵抗，因为三名海军正死死地押着他，他绝望地挣扎着，但是没有用。

"你们怎么敢这样做？"威士顿船长怒吼道。

"你们有什么权力干涉我们？"汤姆补充道。

"任何权力都可以，"镶金边的军官说，"你们闯入了巴西的领域，我要逮捕你们。"

"什么？"夏普先生问道。

"因为你们的船是一艘美国潜艇，我们得到消息，你们打算干扰我们的运输，并试图用鱼雷攻击我们的军舰。我想你们早就想发起攻击，但是下手太晚。我们认为这是军事活动，你们会依法受到制裁。把他们带上'圣保罗号'，"军官又对他的随从人员喊道，"我们会在这里的军事法庭审判他们。你们几个待在这里看守这艘潜艇，我们要给这些好战的美国佬一个教训。"

第二十章

判处死刑

在潜艇的小甲板上，他们根本没有空间去和巴西军舰上的军官和船员们展开对抗。事实上，面对突如其来的抓捕行动，探险者们早已惊吓得丧失了反抗能力。

刚才说话的那个军官是巴西的舰队司令，名叫凡哲提。他下了一道命令后，几个海军士兵便开始押着汤姆和他的朋友上了小船。

"你现在恢复体力了吗，爸爸？"汤姆看着他父亲，急切地问道。

"汤姆，电流切断后我就没什么大碍了，但是我很不喜欢被这样押着。"

"我们不能屈服！"戴蒙先生吼道，"可怜的星条旗！我们应该反抗。"

"根本没机会反抗，"夏普先生说，"我们正处于军舰的枪炮之下，他们一炮就能击沉潜艇。我想我们一开始就该让步。"

"这一切真是太糟糕了，如果你们不介意我这样表达。"威士顿船长温和地说。他似乎又恢复到平日里温和的样子，但是从他那坚定的眼神、严肃的表情和上翘的嘴角可以看出，船长努力控制着自己的情绪。

至于汤姆，两个巴西人抓着他的胳膊，他已经彻底屈服。史威夫特先生则只被一个人看着，因为很明显他的身体还非常虚弱。

"你们几个也上船！"凡哲提司令喊道，"德拉斯克罗中尉，我听见他们在策划逃跑，一定要严密看守他们。"

"德拉斯克罗中尉，嗯？"戴蒙先生低声说，"我想他们把名字叫错了，他应该叫德拉屎壳郎，他长得就像一个恶心的臭虫。"

"安静！"德拉斯克罗中尉对戴蒙先生怒吼道。

"可怜的鱼叉！他像是吃了炸药一样！"戴蒙先生接着说。

"安静！"中尉再次怒吼，但戴蒙先生根本没往心里去。

凡哲提司令和其他几个衣服上镶金边的军官留在潜艇上，汤姆和他的朋友们则被押上小船，送往军舰。

"我希望他们不要破坏我们的潜艇。"看到司令进入指挥塔，汤姆低声嘟囔。

"如果他们真的那样做，我们就到美国领事馆申诉，要求他们赔偿损失。"史威夫特先生说。

"恐怕我们连和领事说话的机会都没有。"威士顿船长说。

"这话是什么意思？"戴蒙先生问道，"可怜的鞋带！这些'臭虫'会怎样？"

"安静！"德拉斯克罗中尉迅速喊道。

"我的意思是，"船长接着说，"这些人可能会私自用刑审判我们。你们都听见了，那个司令提到了所谓的军事法庭。"

"他们敢这样做吗？"夏普先生问道。

"恐怕在这块土地上，他们敢做任何事，"威士顿船长继续说，"不过，我想我看穿了他的意图。那位司令应该是新上任的，从他的制服上就可以看出来。他想让自己得到提拔，夺取我们的潜艇只是一个借口。他会向他的政府报告说，他摧毁了一艘想要击沉他们的军舰的鱼雷潜艇。之后，他就会得到荣誉。"

"但是他的政府会支持他这种针对联邦政府的敌对举动吗？"汤姆问道。

"介于美国强大的军事力量，他绝对不会承认这是联邦政府的潜艇。他会说这是一艘私人潜艇，而且，事实就是这样的。虽然我们有星条旗庇护，但是我们的潜艇不属于政府。"威士顿船长在说最后几个字时声音很小，以确保那个暴躁的中尉不会听见。

"他们会对我们做什么？"史威夫特先生询问道。

"送上某个所谓的军事法庭，对我们进行审判，"威士顿船长接着说，"可能会没收我们的潜艇，然后遣送我们回国，我想他们不敢伤害我们。"

"安静！"德拉斯克罗中尉喊着并拔出了剑。

这时，小船已经到达"圣保罗号"的巨型枪炮之下，探险者听到有人用蹩脚的英语喊道，要他们爬上悬挂在军舰一侧的梯子。不一会儿，他们就登上了甲板，被一群海军和水手包围。他们看到司令在潜艇上打手势，要求小船返回去接他。汤姆和他的朋友们被带到甲板下像监狱一样的小隔间里。过了一会儿，凡哲提司令和一些军官来到了他们身边。

"你们马上就会被审讯，我会替我们的政府没收你们的潜艇，"司令接着说，"而且会把你们送上军事法庭进行处置。你们马上就会面临审讯。"

探险者的抗议都是徒劳的，他们面对的是一个一手遮天的独裁者。他们可以找一位辩护人，威士顿船长懂西班牙语，所以大家就推荐了他。但辩护只是一种形式而已，因为他的话根本没人听。司令充当法官，几位军官都作证说看见潜艇从水下快速浮上来，差点撞上"圣保罗号"军舰的头部。他们还说"先进号"试图击沉军舰，但是袭击失败了。威士顿船长和其他人不停地为自己辩护，并告诉他们潜艇迅速从海底上浮到水面，是由于史威夫特先生出现休克，需要新鲜空气。但是没有人听信他们说的话。

"够了！"司令突然高呼道，"我们掌握的证据非常强大，用你们美国人的话说就是证据确凿，"随后他又用不太流利的英语说，"我查明你们有罪，本军事法庭宣布，三天后日出时执行枪决！"

"枪决！"威士顿船长吃惊地喊出了这个出人意料的判决。他的同伴们个个吓得脸色苍白，史威夫特先生差点倒下，汤姆及时一把扶住了他。

"可怜的星条旗！你们这帮畜生！"戴蒙先生骂道。

"安静！"德拉斯克罗中尉挥舞着剑喊道。

"你们给我听着！"威士顿船长抗议道，"你们不敢那么做！我们是美国公民！"

"我认为你们就是一群海盗，"司令打断了他的话，"你们有一艘武装潜艇，载有鱼雷发射管。你们非法闯入我们的港口，还差点从军舰下面冲上来。你们已经被剥夺了寻求国家保护的权利，我对此丝毫不感到害怕，三天后你们会被枪决。审判结束，把犯人押走！"

现在，抗议和挣扎都没有用了。探险者们被带上了甲板，军舰里又窄又热，封闭的环境令人极其难受。他们被看押在甲板上的指定区域，从这里他们能看到自己的潜艇漂浮在小海湾的水面上，甲板上站着几个巴西人。"先进号"已经抛锚停泊，周围停着很多只小船，棕色皮肤的桨手都好奇地盯着那艘古怪的航行器。

"唉，真是不走运呀！"汤姆嘟囔了一会儿，又说道，"你感觉怎么样，爸爸？"

"在这种情况下，不用说你也能猜到吧，"史威夫特先生回答，"你是怎么想的，威士顿船长？"

"没有太多的想法，如果你不介意我这样说。"船长回答。

"你认为他们敢执行那个吓人的判决吗？"夏普先生问道。

船长耸了耸肩。"我希望那只是虚张声势，"他回答，"吓唬吓唬我们，好让我们放弃潜艇，因为他们没有权利没收。这些家伙十分阴险，什么都想要。"他继续说。

"要是他们真的要执行枪决怎么办，"汤姆说，"我们得干点什么，不能坐以待毙。"

"可怜的喉咙！当然不能坐以待毙！"戴蒙先生说，"但是我们可以干什么呢？这是问题的关键。枪决呀！唉，这真是个可怕的威胁！这些恶棍！"

"安静！"这时，德拉斯克罗中尉走过来喊道。

第二十一章

逃 离

　　事情发生得如此突然，探险者还没有完全弄明白究竟是怎么一回事。从发现史威夫特先生一动不动地倒在发电机上，到现在他们被囚禁在这里，仿佛只过了几分钟。当饥饿感袭来时，他们才意识到时间已经过去了几个小时。

　　不过，没一会儿他们就看到三个海军模样的人端来了几盘食物，摆在他们面前的甲板上，探险者们在一个棚子下面的阴凉处或坐或躺。此刻，太阳很毒辣。

　　"可怜的餐巾纸！"戴蒙先生喊道，"我们终于有饭吃了。看来他们并不想饿死我们，大家赶紧吃吧。"

　　"嗯，我们得保存体力。"威士顿船长说。

"我们得想办法逃走！"当带来食物的海军走了后，汤姆小声地说，"你觉得呢，船长？"

"完全正确。我们得想办法摆脱这些恶棍，这需要用我们全部的体力和智慧。"

"但我们能逃到那里去呢？"史威夫特先生问道，"那个小岛上根本没地方藏身，并且……"

"但我们的潜艇上有。"船长打断说。

"可它现在被巴西人控制着呀。"汤姆不赞成这个提议。

"只要我登上了'先进号'，二十几个棕色皮肤的桨手都拦不住我。"威士顿船长狠狠地说，"如果我们能从这里溜走，坐一只小船，或是游向潜艇，我会让甲板上的那些家伙尝尝我的厉害。"

"好，我会鼎力相助。"戴蒙先生说。

"还有我。"汤姆和夏普先生同时补充道。

"哈哈，我喜欢这样的谈话方式。"船长说，"现在吃饭吧，我看到那个恶棍中尉走过来了，我们绝对不能让他看出我们在策划什么，否则他会怀疑。"

随着夜幕降临，他们开始留意任何可以溜走的机会，或者是攻击守卫人员的机会，但是晚饭过后，他们周围的巴西人增加了一倍，甲板也被灯光照得通明。后来，他们被带到甲板下面，锁进一间闷热的船舱，他们只能无助地看着彼此。

"别灰心。"威士顿船长提议，"夜还很长，我们还有机会从这里逃出去。"

恐怕他们的这个愿望很难实现。他们只有一把随身携带的小折刀没有被收走。有好几次，船长和汤姆以为船舱外的守卫睡着了，于是便试图用小折刀撬门锁。但每次撬锁时发出的细微声都会惊醒其中一个守卫，守卫就会通过装有铁栅的窗户向里面看，他们只得放弃这个方法。

黑夜慢慢离去，早晨到来时，他们一个个脸色苍白，筋疲力尽，垂头丧气。他们又被带到甲板上，对此他们心存一丝感激，因为在这种热带地区，甲板下的闷热环境很可能要了他们的命。

白天，他们看见凡哲提司令和其他一些军官在参观潜艇。他们通过指挥塔进入舱内，待了很长时间。

"我希望他们不要碰任何机器，"史威夫特先生说，"那样很容易毁了潜艇。"

凡哲提司令参观完潜艇后，回来时一脸的高兴。

"你们拥有一艘很不错的潜艇，"他对探险者们说，"应该说曾经拥有，现在它归我们政府所有。"

如果汤姆和他的朋友们对军事法庭的判决是否生效还有些怀疑，那么这些怀疑在那天就全部烟消云散了。因为在他们的视野里出现了一排行刑人员，那些人从德拉斯克罗中尉手中接过武器，练习上膛、瞄准、射击，他们的射击目标是一排假想的犯人。看到一支支调试好的枪，以及开火后枪口冒出的烟，汤姆情不自禁地倒吸一口冷气。

"这就是明天日出时，我们要对你们做的事。"中尉不怀好意地地笑着说道，接着他又指挥那些人进行令人生畏的训练。

这一天似乎比任何一天都要热。天空中有一层奇怪的雾，一动不动。他们看到"圣保罗号"上的船员不停地忙碌着，那些船员用多余的绳子捆紧甲板上的物体，舱口的遮盖物也进行了双倍加固。

"他们在做什么？"汤姆向威士顿船长问道。

"我想风暴就要来了，"他回答，"他们可不想被淋湿。每到这个季节，这里就会出现巨大的暴风雨。"

"希望潜艇不会有事，"史威夫特先生说，"他们应该关闭指挥塔的舱门，不然，船舱在暴风雨中会浸入很多水。"

凡哲提司令也想到了这个问题，中午过后，暴风的迹象更加明显，他下令关闭了潜艇指挥塔上的舱门，还在潜艇舱内留了几名海军看守。

"天气太热，没有胃口。"当晚餐端来时，汤姆说。其他人也有同感。他们喝了一些椰汁，这种椰汁是岛上居民特别酿制的，十分可口。但是过了一会儿，他们又被带到甲板下面，关进了船舱里。

"哎！热死我了！"戴蒙先生坐在长凳上满头大汗地抱怨道，"真是太可恶了！"

"嗯，一些事情很快就会发生，"威士顿船长说，"我想，暴风雨不久就会降临。"

　　他们疲倦地坐在船舱里，一条铁链咔嗒咔嗒地穿过了锚链孔，威士顿船长说："他们又抛了另一个锚。我觉得凡哲提司令最好还是离开军舰，除非他想和他的军舰一起沉没。在如此凶猛的暴风雨里，缆绳或锚链根本起不了作用，它甚至可能会被吹上岸。"

　　上面的嘈杂声突然被野兽般的嚎叫声打破，甲板里瞬间陷入了片刻的安静。

　　"什么东西？"躺在船舱地板上的汤姆突然跳起来，大喊道。

　　"是风声，"船长回答，"暴风雨来了。"

　　呼啸声还在继续。很快，这艘大船开始摇晃起来。风越来越来越大，不一会儿大雨倾泻的声音就通过一个窗口传到了他们的耳朵里。

　　"这是一场大型飓风！"船长说，"不知道缆绳能不能坚持住？"

　　"潜艇怎么办？"史威夫特先生焦急地问道。

　　"我倒不怎么担心它。它很大部分都位于水下，风能够吹到的面积很小，再加上有锚的固定，我相信没有问题。"

　　紧接着又是一阵凶猛的风和急促的雨，甲板突然发出了巨大的破裂声，到处都是人们恐慌的叫喊声。

　　"出事了！"汤姆大喊道，这几个俘虏在惊慌中聚集到了船舱中部。又是一阵尖叫，门外随之传出急促的脚步声。

"守卫走了！"汤姆喊道。

"太好了！"威士顿船长说，"机会来了！行动吧！"

汤姆使劲推拉了一下甲板门，却发现门是锁着的。

"闪开！"船长喊道。他快速冲到门口，用肩膀撞去。伴随着木头的崩裂声，门被撞开了。

"跟我来！"英勇的威士顿船长喊道，汤姆和其他人也跟着冲了出去。他们听见风的呼啸声比先前更大了，当他们来到甲板上后，发现暴雨让他们很难睁开眼睛。借助几盏在暴雨中摇摇欲坠的灯，他们看见军舰的辅助桅杆已经全部断裂，横躺在甲板上。桅杆倒下来的时候砸中了海图室①，一些海军正忙着清理文件。

"天助我们！"威士顿船长大声喊道，"快走！去找一艘小船。它应该在侧梯那边，全员坐船，划向潜艇！"

此时，天空划过一道闪电，就在那一瞬间，汤姆看见了什么东西，吃惊地喊了出来："快看！潜艇的锚松了！"

威士顿船长仔细看了一眼，"先进号"比下午时更靠近军舰了。

"是'圣保罗号'的锚松了，不是潜艇！"他大声说，"我们会很快就撞上它了！动作快点，去把小船放下！"

暴风雨没有任何减弱的迹象，探险者们顶着巨大的阻力冲

---

① 海图室是主要用来存放海上地图的房间。——译者注

向侧梯。还好，梯子仍然挂在大船的一侧。似乎没有人注意到他们，凡哲提司令正站在一个较高的平台上，呵斥着下属快速清理船上的文件。但是德拉斯克罗中尉从船舱下面钻了出来，发现了正在逃跑的犯人。他拔出剑向他们冲了过去，口中喊道："囚犯逃跑了！"

威士顿船长立即上前迎向中尉。

"小心他的剑！"汤姆喊道。但是勇敢矫健的船长并没有被武器吓到，他抓起一卷绳子，向中尉甩去，绳子打到了中尉的胸部，中尉顿时退后了几步，放低了手中的剑。威士顿船长跳上前去，在中尉的胸口重重地给了一拳，把他瞬间打倒在甲板上。

"来呀！"船长吼道，"我看你还能不能喊出'安静'这两个字。"

一群巴西人开始冲向探险者们。去抓汤姆的人被汤姆一拳打在下巴上；威士顿船长更是厉害，他一下能处理掉两三个；戴蒙先生和夏普先生也各自打倒了一个。现在，这些愤怒的探险者们浑身都充满了力量，很快就把这群巴西人击退了。

"快走！"威士顿船长又一次喊道，"暴风雨更猛烈了，军舰几分钟后就会撞上潜艇，它的锚已经松了。"

他迅速冲到梯子跟前，发现小船没有挂在吊艇柱上，而是漂浮在海面上。

"终于转运了！"汤姆大声喊道，也看见了小船，"要我扶你吗，爸爸？"

"不用，我很好。赶紧走！"

忽然一阵大风让"圣保罗号"发生了侧倾。折断的桅杆在甲板上来回滚动，瞬间把一间甲板室撞成碎片。凡哲提司令准备率领一队海军士兵，再次冲上去抓捕正在逃跑的"犯人"，但是在四处滚动的桅杆的干扰下，他不得不后退。

"抓住他们！别让他们跑了！"指挥者命令道，但是那群海军士兵明显都不愿意在如此恶劣的情况下再去接近那些"逃犯"。

汤姆和他的朋友们在暴风雨中终于跌跌撞撞地下了梯子。如果放在平时，在这种情况下想要站稳都十分困难，但今天他们做到了。在军舰高大身躯的庇护下，它背风面的海水相对比较平静，尽管小船在水中不停颠簸，他们还是顺利上了船。船桨都在，他们拼尽全力划向潜艇。

"划向'先进号'！"威士顿船长低声说。

"回来！回来！你们这些美国佬！"一个声音在他们头上叫喊，汤姆抬头一看是德拉斯克罗中尉。他从一名海军手里夺过一把卡宾枪，举枪瞄准那些"犯人"。他扣下扳机，枪口喷出的火光和耀眼的闪电一同而来。尽管雷声吞没了卡宾枪的射击声，但是子弹还是从汤姆的耳边快速飞过，幸好没打中。闪电过后，所有东西又都消失在了黑暗当中。当第二道闪电来临的时候，探险者们发现自己已经接近潜艇了。

军舰的甲板上传来了连续不断的射击声，但是由于海军并不擅长用枪，再加上军舰强烈地摇晃，他们根本瞄不准，因此汤姆和他的朋友都没有受伤。

离开军舰躯体的屏障，海上的路变得更加难走，不过这难不倒经验丰富的威士顿船长，他熟练地划着船，很快就来到了潜艇跟前。

"登上潜艇，快！"他喊道。

他们迅速离开小船，跳上甲板。打开指挥塔是一件轻而易举的事。当他们准备往下走的时候，正好遇见几个巴西人走了上来。

"把他们扔到水里！"船长大喊道，"让他们自己游到岸上或军舰上去。"

船长用超人般的力量，把一个大个子海军从甲板上扔到了海里。另一个想拼死一搏，但很快就被丢到了打旋的海水中。还有一个人冲向汤姆，准备拔出剑，但汤姆使出一记漂亮的左勾拳，直接把他打落到水中。其余人的结果可想而知，他们主动跳入水中逃生，伴随着频繁的闪电，他们一个个拼命地朝军舰游去，军舰现在离潜艇非常近。

"进入潜艇，迅速下沉！"汤姆喊道。

他们快速关闭了指挥塔的钢质门，就在那一刻，他们听见无数的子弹打在指挥塔上，"圣保罗号"上的卡宾枪一支接一支地发射。突然，"先进号"出现了猛烈地摇晃，波浪在飓风的推动下越来越高。几秒钟后，连接锚的缆绳都被扯断了。

"打开水箱组，夏普先生！"汤姆喊道，"我和威士顿船长负责掌舵。一旦潜到水下就立即启动引擎。"

潜艇在电闪雷鸣中开始下潜。汤姆在指挥塔里最后看了一眼"圣保罗号"，它在强风的影响下自由漂浮，离潜艇越来越近。一道闪电划过，他看见凡哲提司令和德斯拉克罗中尉抱住栏杆，无助地盯着"先进号"沉入水下。

随着潜艇不断下沉，所有的声音开始慢慢消失。刚开始在海水的波动下，潜艇还出现了剧烈摇晃，但不久它就下潜到了平静的水域。等下潜到足够的深度后，他们才打开探照灯，因为过早开灯会让潜艇成为军舰大炮的靶子。

"终于安全了！"汤姆大喊道，并扶着父亲走向主舱，"他们现在肯定忙个不停，即使有时间，也无法追击我们了。可以向前航行了吗，威士顿船长？"

"我想是的，前进吧，如果你不介意我这样说话。"船长温和的回答与他刚才英勇的行为形成了鲜明的对比。

汤姆向引擎室里的夏普先生发出了信号，几秒钟后，"先进号"开始加速离开小岛和军舰。因为它现在足够深，海面的飓风不会对他们造成任何影响。在平静的深水里，它终于可以全速驶向沉没的宝藏。

第二十二章

沉船残骸

"先进号"平稳地行驶在安静的深海中，戴蒙先生感叹道："我的天啊，怎么会出现那么大的风暴！"

威士顿船长说，"那个地区一旦出现飓风，都不会有小型的。不过，他们确实是一群'饭桶'，竟然把梯子留在船舷边，还把小船也停在水里。"

"不过，那对我们来说是件好事。"汤姆说。

"当然啦。"船长说，"现在已经安全了，我想我们最好检查一下潜艇，看看那帮恶棍有没有损坏什么设备。汤姆，征求下你爸爸和夏普先生的意见。这段时间就由我来掌舵吧。"

汤姆看到他父亲和夏普先生正在引擎室里忙碌着。史威夫特先生已经对机器进行了检查，目前还没有发现任何损坏。尽管那几个海军撬开食物柜，毫不客气地吃了大量食物。但是剩下的食物对于他们来说还是很充足的。

整个夜晚，"先进号"都在全速前进，直到第二天早上才浮出水面进行观察。他们再也没有发现暴风的踪影，这里离敌舰也有好几百千米。在广袤的蓝色海洋上，他们没有发现一只船。

"我们一定非常接近寻宝之旅的终点了吧。"汤姆期待地问道。

"我们现在离南纬 37°、西经 50° 的交叉点还有 800 千米，"船长说，"这是我对沉船残骸做出的最精确的定位。一旦到达那个点，我们就开始水下搜寻，我可不希望其他潜水员在那个地方留下浮标。"

潜艇时而在水面，时而在水下，又经历两天顺利的航行，这天中午，威士顿船长观察后说："哈哈，我们终于到了！"

"我们到达沉船的位置了吗？"史威夫特先生急切地问。

"我们到了它可能沉没的位置，在 3000 米的范围内，"船长回答，"这里离乌拉圭海岸还有一些距离，大约在拉普拉塔河入海口的对面。从现在开始，我们得到水下仔细搜寻，能否找到完全依靠运气了。"

他们为空气箱充满了新鲜空气，汤姆又仔细检查了一遍供氧设备和其他仪器是否正常，准备好后他们就潜入水底，全力展开搜索。尽管沉船残骸已经近在咫尺，但探险者们也要花费很大的努力才能确定它的位置。

　　搜寻工作已经持续近一周了，他们从一个大圈开始，不断缩小绕圈半径，在高亮度探照灯的辅助下仔细搜寻范围内海底里的每一处角落。有一次，汤姆在指挥塔里沿着探照灯的光束隐约看到一个模糊的船体，他立即示意潜艇急停。那确实是一艘沉船的残骸，但是它似乎已经躺在海床上很多年了，从残留的几根木头就可以看出来。汤姆失落不已，示意继续前进，电流马上传入巨大的正负电极板，推拉着潜艇向前航行。

　　又经历了两天毫无结果的搜寻。他们在深蓝的水下航行，期待着奇迹出现，但始终没有任何收获。巨大的鱼群在他们周围游动，有时还与"先进号"竞速。探险者们看到了由巨大石头组成的海洋洞穴，那里居住着各种各样的深海怪物。有一次，一只巨型章鱼试图与潜艇搏斗，它把潜艇压在愤怒的触手下。汤姆发现它有一个巨大的白色身体，上面长着茶托状的眼睛，在光束的指引下，他们驾驶着潜艇直直地撞了过去。一番较量后，他们终于摆脱了章鱼的纠缠。

　　整整一周过去了，他们开始感到绝望。他们上浮到水面，让威士顿船长再次确认他们是否处于正确的范围之内，但是在这么大的一片海域寻找沉船无异于大海捞针。

　　"好吧，我们鼓起勇气再试一次！"史威夫特先生说，随后他们又一次潜入水下。

　　第二天夜晚时分，汤姆在指挥塔里执勤，发现潜艇前方有一个黑乎乎的影子。探照灯表明那东西离他们足够远，因此汤姆能够及时转舵避免撞击。起初，他以为那是一块巨大的岩石，因为他们几乎是贴在海底航行，但是那奇怪的影子很快就告诉他，那东西不是岩石。潜艇慢慢靠近，它的轮廓也逐渐清晰。突然，借助深水中的探照灯光，汤姆看到了一艘蒸汽船的钢制船体。他的心怦怦直跳，但是没有喊出来，因为他害怕那又是其他船只，而不是他心中期待已久的宝船。

汤姆驾驶着"先进号"在它周围环绕。当他绕过船舷时，几个大字出现在尖尖的船头附近——波德罗。

"沉船！沉船！"他激动地大喊道，声音回荡在潜艇中，"我们终于找到沉船啦！"

"你确定吗？"史威夫特先生大声问道，迅速跑向汤姆那里，威士顿船长也跟了过来。

"绝对是。"汤姆回答。潜艇正在慢慢减速，他们更加清楚地看到了沉船，它几乎完好无损，船体上没有裂口，因为它是船身进水导致沉没的。

"终于找到了，"史威夫特先生用颤抖的声音激动地说道。

"这就是'波德罗号'，"威士顿船长说，"即使船头上没有写名字，我也能认出它。汤姆，把潜艇停靠在海床上，取出潜水服，我们去考察一下。"

潜艇停了下来，汤姆看了一眼深度表，深度显示已经超过了 4000 米。他们穿上相对来说比较单薄的潜水服，到如此高压的海水中，能否从沉船残骸里顺利取出黄金，这是一个严峻的问题。

"先进号"的各种机器已经停止运转了。展现在它面前的"波德罗号"在探照灯的照射中清晰可见。当探险者透过指挥塔的玻璃窗进行观察时，沉船的船头下面游出了几个巨大的生物。

"深水鲨鱼！"威士顿船长惊呼道，"几个丑八怪而已，它们阻止不了我们取出黄金的决心！"

第二十三章

鲨鱼攻击

目视着这艘令他们魂牵梦萦好几周的沉船，探险者们没有采取任何行动，只是站在潜艇里面静静地望着它。

"我们该如何取出它呢？"汤姆问道。

"这还用得着考虑吗？直接进去把它拿出来就行了嘛，"戴蒙先生提议道，"你觉得黄金会放在货轮的哪个部位，威士顿船长？可怜的密码箱！"

"我觉得，为保证安全，金条应该放在船长的休息舱里，"威士顿船长回答，"或者在船尾的某个部位。不过，我认为我们最好还是穿上潜水服，近距离考察一下。"

"我也是这么想的，"夏普先生说，"但是谁去，谁留在潜艇里？"

"我认为最好是汤姆和威士顿船长去，"史威夫特先生提议，"夏普先生，我和你留在潜艇里控制局面。"

"难倒你认为会出什么事情吗，爸爸？"汤姆笑着问道。

"噢，当然不，但我们得防患于未然。"史威夫特先生回答。

威士顿船长和汤姆迫不及待地穿上潜水服。他们的手里各自拿着一根又重又尖的铁棒，一则用来帮助他们在海床上行走，二则来防范鲨鱼的攻击。他们进入潜水舱后关上舱门，随后舱内开始注入海水，直到舱内压力与潜艇外的压力显示一致时，才能将滑动式钢门打开。

过了一会儿，他们逐渐适应了在海床上行走，船长示意汤姆跟随着他。两位潜水员依靠氧气瓶源源不断地供氧维持着正常的呼吸，凭借着头盔上高亮度的小电筒看清前行的路。

他们努力寻找能够登上"波德罗号"甲板的方法，但是一无所获。他们现在已经围着沉船残骸走了将近一圈，但是还没有找到可以靠近黄金的途径。

海水突然搅动了一下，汤姆差点儿被一个巨大的生物撞倒。一个又长又黑的影子从他头顶掠过，片刻过后，他看见一条巨型鲨鱼向威士顿船长冲去。汤姆下意识地惊呼，但是由于声音封闭在他所戴的头盔里，船长并没听到。但是船长也感到了海水的搅动，很及时地转过了身，拿起尖尖的铁棒向上扎去，但是没有扎中。过了一会儿，汤姆看到巨型鲨鱼转了个身，露出藏于鼻子下方的血盆大口，很明显它已经把威士顿船长当成了美餐。巨型鲨鱼很快就把威士顿船长的头盔叼在嘴里。汤姆努力使自己以最快的速度在海水中移动，终于走到鲨鱼身后时，他提起铁棒狠狠地刺向鲨鱼。

海水瞬间变成了血红色，鲨鱼立即张开大嘴，放开了船长。但它又开始转向汤姆，汤姆对准它的要害又戳了几下，随后鲨鱼痛苦的挣扎着身体疾驰而去。海水的波动差点把汤姆推倒，他努力使身体保持平衡而不至于摔倒。当他们准备转身朝潜艇走去时，忽然感到周围的海水更加活跃了，似乎又出现了几个生物。

鲨鱼群！20多条又长又黑且长着巨型嘴巴的鲨鱼，它们被刚才那条鲨鱼的散发的血腥味吸引过来。

两条鲨鱼开始朝沉船残骸游去。汤姆和船长意识到，也许躲到船头下面会比较安全，但是只要他们稍有移动，那些凶残的海底"饿狼"就会迅速地向他们扑过来。纵使潜水服很坚固，但是在鲨鱼的合力撕咬下，结果可想而知。

这时，潜艇上似乎有了一些动静。汤姆发现他的父亲正从指挥塔里向外看。史威夫特先生好像在做一些动作。汤姆明白了，父亲在示意他和威士顿船长蹲下。他们照做了，随后潜艇艏部的电子炮启动，打中了鲨鱼群。海水再次变成了血红色，那些幸存下来的鲨鱼落荒而逃。汤姆和威士顿船长安全了，他们迅速进入潜艇，讲述着刚才发生的惊险的一幕。

当戴蒙先生夸奖他杀死了那只攻击船长的怪物时，汤姆不好意思地脸红了。接着，汤姆说："还好你救了我们，爸爸。"

"我一直在指挥塔里警戒，"史威夫特先生说，"但是我们到底该如何进入沉船呢？"

"我认为，唯一可行的方法就是在波德罗号的船体上撞出一个裂口，"威士顿船长说，"这就是我示意汤姆做的事情，但是他似乎没有看懂我的意思。"

"是的，"汤姆回答，他似乎还没有完全从刚才紧张的气氛中走出来，"我还以为你的意思是要把沉船翻个底朝天。"

"我们还是接着说如何取出宝藏的事吧。也许我们能从上面接近它。能不能把潜艇停在它的上面？这样就不用去撬开它了。"威士顿船长说。

不一会儿，他们尝试了这个方案，结果行不通。由于周围暗礁的影响，"波德罗号"上部有强大的乱流。想把潜艇降落在它的甲板上本来就是一项高难度的挑战，再加上海水的无规律的搅动，即使同时使用电极板和辅助螺旋桨也办不到。"先进号"只能再次停在沉船附近的海床上。

"这可怎么办呢？"汤姆望着高耸的船体问道。

"撞它，撕开一个口子，然后填入炸药，"威士顿船长果断地决定，"你有一些炸药，对吧，史威夫特先生？"

"是的，我准备应急用的。"

"那我们就炸开沉船，取出黄金。"

第二十四章

撞击宝船

由于这艘潜艇的设计初衷就是卖给政府，政府将会在战争中用它来攻击敌方船只，所以"先进号"具备一定的作战能力。现在，夯锤正好就能派上用场。

为了确保这次方案能够成功，他们对潜艇的机械装置进行了细致的检查。潜艇的状况很好，他们只需要做一些必要的微调。在深海中是没有白天和黑夜之分的，但到了晚上他们还是决定上床睡觉，第二天早晨再继续工作。

第二天早晨，他们吃完丰盛的早餐后，就准备让潜艇去执行艰巨的任务。潜艇退后到一定的距离，然后全速前进，它撞上了沉船，震动非常剧烈。刚开始他们还担心，猛烈地撞击会损坏"先进号",还好它经受住了考验。

"我们撞开的裂口大吗?"史威夫特先生急切地问道。

"相当大,"当潜艇再次退回时,汤姆透过指挥塔的玻璃窗看了一眼后回答,"我们还要撞一次。"

巨大的夯锤再次撞入波德罗号的船体,潜艇也在撞击中再一次摇晃。现在沉船上的裂口更大了,威士顿船长看了一眼,确定裂口已经大到足够一个人进去安置炸药,把宝船炸裂。

汤姆和威士顿船长安置好炸药,随后"先进号"撤退到安全区域。一声低沉的轰响后引起了海水的巨大波动,沉船的四周立即变得浑浊不堪。当海水再次变清后,他们看到沉船已经被炸开了。它被炸成了两部分,进入任何一部分都很容易。

"这就是我想看到的!"威士顿船长大喊道,"现在去取黄金!"

"嗯,穿上潜水服,"戴蒙先生补充道,"可怜的手表链!我也想穿上它去冒险!你说那些鲨鱼都跑光了吗,威士顿船长?"

"我想是的。"

很快,汤姆、船长、夏普先生和戴蒙先生就穿上了潜水服,史威夫特先生留在潜艇里操作潜水舱。

探险者后从海床上慢慢地接近沉船残骸,他们东张西望地寻找鲨鱼的踪迹,但是这些生物似乎舍弃了这片海域。汤姆第一个到达已经断裂了的沉船,很快威士顿船长也追上了汤姆。船长让汤姆跟着他,因为他对海洋船只更加熟悉,大家都同意让他作为向导。威士顿船长带领大家直直地往前走，寻找船长的休息舱。很快他就找到了，并示意其他人也进去，他们头盔上的灯光交错，使那里变得异常明高，然后就开始了对黄金的细致搜寻。汤姆突然抓住船长的胳膊，指了指舱内的一个角落，那里陈放着一个小型保险柜，威士顿船长移动到它跟前。保险柜的门没有锁，应该是船被丢弃时打开的。他摇了摇，里面是空的，没有金条。

　　毫无疑问，威士顿船长十分沮丧。其他人和船长的心情一样失落，但是都一言不发。夏普先生用肢体语言鼓励大家继续寻找，然而探险者们的辛苦搜寻并没有换来黄金的奖励。

　　下午就快结束了，这时汤姆离开了其他人，一个人四处闲逛，不知不觉又走进了船长的休息室，那里除了一个空空的保险柜，昏暗的海水中似乎别无他物。

　　"岂有此理！"汤姆心想，"我们费尽周折，却一无所获！那些人一定在逃生时拿走了黄金。"他随手举起铁棒，一棒打在保险柜的后墙上。令他吃惊的是，那块墙壁竟然像一扇门一样转动了，露出了一间密室。汤姆慢慢走过去，用头盔上的灯照进去，他看到里面有很多重重叠叠的箱子。他无意间触碰到一个暗簧，密室完全打开了。可是里面放的究竟是什么呢？

　　汤姆探身进去，试图拿起其中一个箱子，却发现自己根本抬不起来。他兴奋不已，赶紧去找其他人，汤姆使用手势激动地把他们都召集过来。探险者们在看到箱子的一瞬间都变得兴奋起来，威士顿船长和夏普先生把一个箱子抬了出来，放在船舱的地板上，然后用铁棒撬开箱盖。

里面整整齐齐地码放着一层层的小金块——闪着暗黄色光芒的金块！只看一眼就知道那就是他们历经千难万险寻找已久的金条，他们终于找到了宝藏！探险者们很想在数千米深的水下，在沉船的船舱里跳一支舞，但是水压太大，他们办不到。无论如何，他们的寻宝之旅终于成功了！

第二十五章

满载而归

时间宝贵，一秒都不能浪费。他们所处的那片海域危机四伏，强大的水流很可能进一步摧毁沉船残骸，那样他们就无法拿走黄金了。通过手势交流，他们决定马上把宝藏搬回潜艇。但是箱子太重，不能轻易搬动，即便是两个人抬一箱，在起伏不平的沉船上也很难协调步伐，于是他们制订了另一个计划。

他们打开箱子，每次取出几块金条，然后扔到沉船一侧的沙地上。汤姆和威士顿船长负责这项任务，夏普先生和戴蒙先生则负责把金条运向"先进号"的潜水舱。等潜水舱的金条积攒到一定数量，史威夫特先生就会关闭舱门，抽出海水，把金条搬进潜艇。随后，他再次为潜水员打开舱门，就这样周而复始，直到转移完所有黄金。

汤姆还想对沉船做进一步搜查，因为他想弄一些沉船上携带的来复枪，但是威士顿船长示意他别再想此事了。

在他们启动潜艇准备离开前，汤姆看了沉船最后一眼。当他盯着那艘曾经了不起的大船，现在却是一堆扭曲变形的废铁时，他看到一个又黑又长的影子在沉船一侧游动并绕到了船头。

"巨型鲨鱼！"他对威士顿船长说，"它们又回来了。"

船长没有说话，他凝视着那个黑乎乎的东西。突然，他看见那个物体似乎有一个尖尖的头，并从一只大眼睛中冒出了一束光。

"那是伯格和他的雇主驾驶的'奇迹号'。他们修好了潜艇，并且一直在寻找黄金。"船长说。

"但是他们来迟了。"汤姆兴奋地喊道，"我们告诉他们吧。"

"别！"船长告诫道，"我们最好还是悄悄溜走吧。我们遇到的麻烦已经够多了。"

"不知道他们发现黄金已经搬走时，心里会是什么感觉？"汤姆说着拉动了启动水泵的操纵杆。

他们很快就上浮到海面，望着美丽的天空，平静的大海，探险者们开启了回家之旅。在回家的路上，"先进号"有时在海面航行，有时潜在水里。

快到家的时候，他们把潜艇停在了海床上，又穿上了潜水服。这次史威夫特先生也不愿错过海底行走的机会，换上了潜水服。戴蒙先生抓到几只他最喜欢吃的大龙虾，或者更准确地说，是大龙虾抓住了他。他进入潜水舱后才发现，他的潜水服上爬着4只大龙虾，它们最后都被端上了餐桌。

探险者们平安抵达新泽西海岸，并把潜艇停在码头。史威夫特先生马上联系有关部门，打算归还黄金。但那个筹集黄金准备发动战争的反革命集团早已不复存在，没有人出面认领这批宝藏，所以它全部归属于汤姆和他的朋友们，他们进行了公平的分配。汤姆没有食言，给巴盖特夫人买了一枚大钻戒。

至于伯格和他的雇主，他们后来才意识到自己来晚了一步，搜寻毫无价值的沉船残骸令他们懊恼不已。他们试图给汤姆他们找麻烦，但是都没有成功。

史威夫特父子决定留着潜艇，而不是把它卖给政府，因为汤姆说也许某一天他们会去寻找更多的宝藏。

"我首先得把这些黄金存到银行，"飞艇刚停到他家的飞艇库前，史威夫特先生说，"即使"快乐打劫团伙"还关在监狱里，我也不能让黄金在家里过夜。"

汤姆和他一起把黄金带到银行，他们可能是单笔存款最大的客户。这时，只见尼德走了出来。

"噢，汤姆，"尼德朝他的朋友喊道，"你似乎从未闲过。你征服了天空、陆地，现在又征服了海洋，你真是太棒了！"

"谢谢你，尼德，我们离开的这段日子你都在干什么呢？"

汤姆问道。

"噢，还是老样子，在银行跑腿，干杂活。"

汤姆突然有了一个主意，并悄悄告诉了父亲。史威夫特先生点头同意了。过了一会儿，史威夫特先生和银行行长佩德哥先生进行了谈话。很快，尼德和汤姆被叫了进去。

"我有一个好消息告诉你，尼德，"佩德哥先生说，汤姆则在一旁微笑，"我们最大的客户——史威夫特先生，向我提到了你，我觉得你非常可靠，因此提升你为出纳助理，当然了，你的薪水也会增加。"

尼德几乎不敢相信自己的耳朵，但是他立刻便明白了汤姆对史威夫特先生说的悄悄话。一位存入了大量金条的银行客户的心愿是不会被行长忽视的。

"我们出去喝点儿饮料吧。"尼德向汤姆问道，并用请求的眼神看着行长，行长点头同意了。

当两个小伙子穿过街道向饮品店走去时，一辆轿车从他们身边疾驰而过，差点把他们撞倒。

"谁这样开车？"汤姆吼道。

"噢，那是安迪的新车。"尼德回答，"他每天都违反限速法，似乎没有人管他，我想那是因为他父亲很有权势。安迪说他拥有迄今为止最快的汽车。"

"是吗？"汤姆说着，眼睛里充满了不屑的目光，"哼，我会造出一辆车打败他。"

"汤姆，我非常感谢你为我找了一个更好的职位，"离开饮品店时，尼德说，"我从没想过自己有机会升职。对了，你今晚有空儿吗？如果可以，我希望你能来我家。你不在的这段时间，我拍了很多照片。"

"不好意思，我今晚上去不了。"汤姆支吾着回答。

"为什么？你打算还要造一部飞艇或潜艇吗？"

"不是，我要去见……你问那么详细干吗？"汤姆红着脸小声说道，"难道一个小伙子去见一位姑娘这种私事儿还要到处宣扬吗？"

"噢，当然不需要，"尼德大笑着回答，"请代我向玛丽问好。"这时，汤姆的脸更加红了。但是正如他所说的，那是他的私事儿。

读什么书，代表你是什么人

看书有道